Über den Autor

Rolf Hochhuth, geboren am 1. April 1931 in Eschwege, war Verlagslektor, als er 1959 während eines Rom-Aufenthalts sein erstes Drama «Der Stellvertreter» (rororo Nr. 997) konzipierte, das 1963 in Berlin von Erwin Piscator uraufgeführt wurde und weltweites Aufsehen erregte.

Weitere Veröffentlichungen im Rowohlt Verlag und im Rowohlt Taschenbuch Verlag: «Der Klassenkampf ist nicht zu Ende» (1965), «Soldaten» (1967/1995; rororo Nr. 13594), «Guerillas» (1970), «Die Hebamme. Komödie. Erzählungen, Gedichte, Essays» (1971), «Krieg und Klassenkrieg. Studien» (1971), «Dramen» («Der Stellvertreter»/«Soldaten»/«Guerillas»; 1972), «Inselkomödie» (1973/1993; rororo Nr. 13230, Neufassung von «Lysistrate und die NATO»), «Zwischenspiel in Baden-Baden» (1974), «Tod eines Jägers» (1976; das neue buch Bd. 68), «Machtlose und Machthaber» (1978), «Juristen» (1979; rororo Nr. 5192), «Tell 38» (1979), «Eine Liebe in Deutschland» (1980; rororo Nr. 5090), «Ärztinnen» (1980; rororo Nr. 5703), «Räuber-Rede. Drei deutsche Vorwürfe. Schiller/Lessing/Geschwister Scholl» (1982), «Spitze des Eisbergs. Notizen eines Zeitgenossen» (1982/1994; rororo Nr. 13334), «Judith» (1984, rororo Nr. 5866), «Atlantik-Novelle. Erzählungen» (1985), «Schwarze Segel. Essays und Gedichte» (1986; rororo Nr. 5776), «Alan Turing. Erzählung» (1987), «Unbefleckte Empfängnis. Ein Kreidekreis» (1988), «Täter und Denker» (1990; rororo Nr. 8547), «Panik im Mai. Sämtliche Gedichte und Erzählungen» (1991; rororo Nr. 13001), «Alle Dramen» (Kassette mit 2 Bänden, 1991), «Sommer 14. Ein Totentanz» (1991; rororo Nr. 13069), «Von Syrakus aus – gesehen, gedacht, erzählt» (1991; rororo Nr. 13365) und «Wellen. Artgenossen, Zeitgenossen, Hausgenossen» (1996; rororo Nr. 13907).

Außerdem veröffentlichte Rolf Hochhuth «Wessis in Weimar» (1993), die Erzählung «Julia oder der Weg zur Macht» (1994) und die Monographie «Menzel, Maler des Lichts» (1990).

1981 erschien im Rowohlt Verlag der von Walter Hinck edierte Band mit Essays zum Werk «Rolf Hochhuth – Eingriff in die Zeitgeschichte», in der Reihe «Literatur für KopfHörer» liegt, gelesen von Donata Höffer, «Die Berliner Antigone/Grüninger-Novelle» vor.

Rolf Hochhuth lebt als freier Schriftsteller in Basel.

Rolf Hochhuth

Effis Nacht

Monolog

Rowohlt

Veröffentlicht im
Rowohlt Taschenbuch Verlag GmbH,
Reinbek bei Hamburg, August 1997

Umschlaggestaltung Werner Rebhuhn
(Adolf Friedrich Erdmann von Menzel:
«Der Spaziergang im Garten» 1867,
Kunsthalle Bremen)
Gesamtherstellung Clausen & Bosse, Leck
Printed in Germany
1090-ISBN 3 499 22181 0

Zwei Freunden gewidmet
in Dankbarkeit:

Herrn Walter Scheiterle
Herrn Erich Fischer

«Ich lese noch einmal Ihren letzten Brief... was Sie über Fontane und die vergangene Literatur sagten... Und dann lese ich Ihre Zeilen weiter und dann sinken die Schatten. Und in ihrem Dunkel sehe ich noch einmal die Gestalten meiner Generation, die Figuren, mit denen ich großwurde, die Gesichter mit den gleichen Zügen; auch höre ich sie, sie sagen: ‹zurückblicken und allein sein; alles noch einmal überdenken und dann mit seltsamen Erkenntnissen von dannen gehen. Keine Rechtfertigung vor irgendwas und vor irgendwem; keine Bestätigung, allerdings auch keine Unruhe mehr. Das also war es –? Gut, daß man es nicht wußte!›»

Gottfried Benn an F. W. Oelze, Berlin, 13.8.1939

«Effi Briests» Enkel, Professor Manfred von Ardenne, der berühmteste Wissenschaftler der DDR, schrieb über seine Großmutter: «Im Alter von etwa fünfzig Jahren bestieg sie als erste Frau den an der Schweizer Grenze, dicht bei Liechtenstein gelegenen 2970 m hohen Berg Scesaplana, zu dessen Gipfel meine Frau und ich 1969 bei einem Abstecher nach Klosters mit bewunderndem Erinnern emporblickten. Mit sechzig Jahren lernte sie Skilaufen und mit achtzig Radfahren. Am 4. Februar 1952 starb sie neunundneunzigjährig in Lindau am Bodensee.»

Die – heute hier, 1943 – Neunzigjährige sieht mehr als zehn Jahre jünger aus und hat auch bis vor kurzem noch Nachtdienste bei Schwerkranken geleistet, damit hat sie ja seit ihrer Scheidung vor fast sechzig Jahren ihr Brot verdienen müssen, jahrzehntelang. Denn an Elisabeth Freifrau von Ardenne, geborene Edle Freiin von Plotho, als Ehebrecherin hat natürlich ihr geschiedener Mann, der General, nichts gezahlt, so wenig er ihr siebzehn Jahre lang erlaubte, ihre Tochter Margot und dreiundzwanzig Jahre lang ihren Sohn Egmont zu sehen.

Jetzt macht sie Nachtdienst nur noch ausnahmsweise…

Der fast bühnengroße Wohnraum hat einen breiten Balkon mit Flügeltüre zum Bodensee hin. Für den Sohn des Hauses, den die Wehrmacht Hitlers zum Sterben aus dem Lazarett zu seinen Eltern, seiner Schwester entlassen hat – das kam vor, wenn Familien Beziehungen zu Militärärzten hatten –, ist ein schweres, hohes, fahrbares Klinikbett ins Balkonzimmer gestellt worden.
Großes Waschbecken rechts vorn. So oft Elisabeth am Waschbecken ist, verdeckt sie so auch ein wenig das Bett.
Jugendstilmöbel, sehr langes Bücherregal, darüber Thoma- und Leistikow-Drucke, auch gute Aquarelle, wie sie in den dreißiger Jahren gemalt wurden, einheitlich geschmackvoll mit schmalen holzfarbenen Leisten gerahmt – vielleicht malt sie eines der Familienmitglieder. Den Studenten (hier ein wortloser Statist) betreut heute deshalb die alte Dame, weil seine Schwester, die das sonst tut, irgendwohin in ein Lazarett reiste, um ihren dort auch schwer verwundet eingelieferten Bräutigam zu besuchen.

*Verdunkelung: Die breite Türe ist sorgfältig durch zwei Rouleaus abgedunkelt, wie seit Kriegsbeginn am 1.9.1939 für jedes Fenster im Deutschen Reich verordnet; links und rechts müssen neuerdings sogar laut streng überwachter Vorschriften Klammern an der Wand dafür sorgen, daß selbst Licht*spalten *unmöglich sind... Es dauert noch ein Jahr, bis britische Bomber – die amerikanischen fliegen ihre Angriffe auf Deutschland am Tage und zielen Fabriken und Bahnhöfe an – selbst bei Nacht ihre Opfer, die Innenstädte, in die sie ungezielt hineinbomben, dank neuer Geräte so mühelos anpeilen können, als lägen sie im Sonnenlicht unter ihnen.*

Der Regisseurin oder dem Regisseur zur Hand gehen sollte ein Neurochirurg – zumindest ein Pfleger oder eine Pflege-

rin, die langjährige Berufserfahrung auf dem Gebiet der Neurochirurgie gesammelt haben. Denn der stumme Patient ist andauernd hilfebedürftig, was die Nachtwache oder Tagwache bei ihm nicht nur für Else von Ardenne, sondern auch für Zuschauer auf eine makabre Weise ‹kurzweilig› macht. Der Patient liegt nicht flach; er sitzt fast. Das Kopfteil des Betts ist hochgestellt. Es ist klar, daß nie der Monolog – daß immer die Beobachtung des Schwerverwundeten und Hilfe für ihn den Vorrang haben. Der Autor, die Regisseurin, der Regisseur können nicht ohne ärztlichen oder pflegerischen Rat den Rhythmus *der Hilfstätigkeiten für den Kranken festlegen; das können nur medizinisch Erfahrene. Denn da ist sehr viel Verschiedenes und es ist oft zu tun: Er erhält Magenkost durch die Sonde in der Nase. (Die Ernährung fließt aus einer Infusionsflasche, die an einem Infusionsständer über dem Bett hängt. So auch der Tee, denn der Kranke ist sehr durstig.)*
Der Husten, der ihn quält; die Notwendigkeit, das Bettuch zu wechseln, denn fast jedesmal, wenn er stark husten muß – weil die Kanüle, die er im Hals hat, in der Luftröhre, er bekam einen Luftröhrenschnitt (Tracheotomie), verschleimt –, macht er unter sich; die flüssige Nahrung (Sondenkost) verursacht Durchfall. Dann muß ihm Frau von Ardenne ein neues Leintuch unterlegen, den Studenten, der nur ein kurzes Turnhemd anhat, umlagern. Er ist rechtsseitig gelähmt, es bedarf also einiger Anstrengung, ihn zunächst auf die gelähmte, dann auf die gesunde Seite zu wälzen und das Tuch unterzuschieben. Sie gibt ihm Opiumtropfen.
Sie muß ihm hin und wieder Ellenbogen und Beine beugen, weil er das wegen der Lähmung nicht kann.
Die Luftwege müssen, wenn sie verschleimt sind, mit einem Sauggerät durch einen dünnen Schlauch abgesaugt werden, immer dann, wenn sein Röcheln zeigt, daß der künstliche Atemweg – die Sonde im Hals – verstopft ist, durch Schleim.

Sein Kopf ist bandagiert, auch die – herausgeschossenen – Augen; frei sind nur Ohren, Nase, Mund und Kinn.
Es ist durchaus fraglich, ob der Patient noch hört; Else von Ardenne hält das für möglich, denn Bewußtlose haben keinen Hustenreflex, weshalb sie ihn anspricht, ihm vorliest, Musik macht.
Sie wäscht ihm einmal auch den Rücken. Sie wäscht ihn, so oft sie das Tuch wechselt, unterhalb des Nabels. Sie hat eine Waschschüssel mit mehreren Lappen. Sie reibt ihm einmal mit Wacholdergeist das Kreuz ein, sie mißt dreimal unter der Achsel sein Fieber. Sie hält ihm die Hand, spricht zu ihm …

Elisabeth tritt aus dem halbdunklen Hintergrund an der rechten Wand, wo sie sich über den fast schon leblosen Kopf im Bett gebeugt hat, in die durch eine Stehlampe erhellte Mitte des Raumes. Sie sagt so selbstverständlich zu sich, wie andere zu anderen sprechen, denn Selbstgespräche haben seit Jahrzehnten die Nachtwachende davor bewahrt, einzuschlafen; und sie weiß, der Zerschossene hört vermutlich nichts mehr; ist dessen aber keineswegs sicher:

Endlich schläft er – noch nicht zum letztenmal,
obgleich er heute – bis jetzt – ganz ohne Angst war.
Schrecklich, daß ich die Nachrichten … die englischen,
ganz unbesorgt hören darf,
weil ja der arme Junge nicht mehr denunzieren könnte,
daß ich den «Feind»-Sender höre,
heute hier in diesem fremden Hause …

Sie geht zu dem ihr nicht vertrauten Radio und dreht ein wenig an ihm herum, bis sie BBC gefunden hat, sieht dann aber auf die Uhr und murmelt:

Noch nicht zehn … vor dem Haus kann keiner stehen,
der mich belauscht, wegen des großen Vorgartens …

ich spüre wie oft nun schon
und mache doch immer unbelehrbar weiter:
mit über neunzig soll man eben keine Wache mehr
bei Sterbenden übernehmen – je näher selber dem Grab,
je strikter meidet man den Anblick Dahingehender...
Und dann: Wer ist man schon,
fragt man sich immer öfter,
daß man aufbewahrt wurde, verschont blieb
– um sogar Jungen, ja Kindern beizustehen, zuletzt,
die siebzig Jahre jünger sind als man selbst...
Und doch, ungelebt, ungeliebt: schon wegmüssen!
Wie zwei – bisher schon zwei, wer weiß,
wer ihnen noch folgt –
meiner Enkel... Jetzt BBC!

Sie stellt nach einem Blick auf die Armbanduhr das Radio an, einen kleinen sogenannten Volksempfänger («Volks-Einfänger!»), nachdem sie sich dicht vor ihn gesetzt hat, sozusagen das Ohr am Apparat – und schrickt zurück und dreht rasch leiser, weil das Motiv aus Beethovens Fünfter mit Macht einsetzt, dieser weitaus spektakulärste aller Symphonien-Einsätze, den die britische Propaganda mit gutem Instinkt ausgewählt hat, um deutsche Hörer zu verlocken, den britischen Rundfunk einzuschalten. Obgleich doch das Abhören des «feindlichen Rundfunks» mit Einweisung ins KZ bestraft wird, und sogar die Guillotine wartet auf jene «Volksgenossen», die herumerzählen, was die Briten meldeten.

Jetzt hört sie; es spricht in tadelfreiem «Hannoverschem» Hochdeutsch ein Emigrant:

«Deutsche Hörer!
In Nordafrika ist der Krieg zu Ende: Sämtliche Deut-

schen, die seit zwei Jahren auf Befehl Hitlers in das einst als unbesiegbar gerühmte Afrika-Korps des Marschalls Rommel eingerückt waren, sind in britischer Gefangenschaft oder – tot. Premierminister Churchill hat alle britischen Kirchen um dreitägiges Glockenläuten gebeten. Und er nannte heute früh im Unterhaus die totale Vernichtung der Rommeltruppen durch die Achte Armee des Feldmarschalls Montgomery den ‹triumphalsten Sieg, den in ihrer mehr als tausendjährigen Geschichte britische Landstreitkräfte über einen Feind errungen haben›. Mr. Churchill fügte hinzu: ‹Auch für die Deutschen ist ihre Kapitulation in der Wüste ein alarmierender Tag. Denn nie zuvor sind die einst so ruhmreichen Armeen Friedrichs des Großen in solchen Massen getötet oder gefangen worden wie heute hier durch englische Soldaten und wie vor erst einem halben Jahr durch Marschall Stalins Rote Armee in Stalingrad. Während der vier Jahre des Ersten Weltkrieges gab es nirgendwo eine Schlacht, in der auch nur annähernd so viele Deutsche gefangengenommen worden wären wie im Winter in Stalingrad und nun heute in der Wüste. Das deutsche Volk›, setzte Mr. Churchill hinzu, ‹hat längst begriffen, in welche Niederlage die Nazi-Banditen es hineinführen durch ihren Führer.›
Mr. Churchill fragte im Unterhaus, ob nun endlich sogar die Preußenpriesterschaft, der angeblich so ehrenhaft gebliebene Berliner Generalstab, begreife, welchem blutigen Dilettanten er sich an den Hals geworfen habe, als er eidbrüchig die Weimarer Republik verriet? Die Generale hatten doch der Republik – wie einst dem Kaiser – die Treue geschworen! Schwuren sie nun aber zum *drittenmal* einem anderen – jenem Hitler, einem obskuren Halbösterreicher, Halbtschechen, dem der Feldmarschall Hindenburg stets mit ahnungsvollem Mißtrauen begegnet ist,

so daß er Hitler niemals anders genannt als ‹den böhmischen Gefreiten›.

‹Wo aber sonst, in welchem Lande sonst›, schloß Mr. Churchill, ‹hätte je eine kleine, an ihrem Volk verbrecherisch gewordene Kaste, die Generalität, so viele Untertanen ermordet wie diese längst ehrlos gewordene preußische Armeeführung? Und sie schlachtet ihre tapferen deutschen Soldaten für den Landfremden Hitler!›

In Großbritannien läuten drei Tage lang die Glocken!»

Elisabeth von Ardenne stellt das Radio ab, sie hat Tränen in den Augen wie zuweilen Uralte, wenn sie sich quälenden Nachrichten ausgeliefert sehen ... sie dreht sorgsam einen deutschen Sender an, sagt, niedergeschlagen zitierend:

«In Großbritannien läuten drei Tage die Glocken!»

Sie wischt – Taschentuch im Gürtel – die Tränen und sieht in der fast dunklen Ecke nach dem Patienten; sagt dann, während sie ihm das Fieber unter der linken Achsel mißt:

Als ob er doch noch sich gesund schliefe, so fest.
Ach, daß doch morgen seine Eltern ihn noch erleben!
Blind, stumm ... nur hören, denke ich manchmal,
kann er mich doch noch, ebenso wie fühlen,
so oft ich ihn anfasse.

Sie knipst die nur matt helle Stehlampe aus und die große (acht Birnen in flachen Schalen) Lampe über dem Mitteltisch an, weil sie dort lesen will, woraus aber nichts wird. Sie nimmt eine Tasse Tee, die Glaskanne steht auf einem geheizten Untersatz. Sie hält die Tasse in der Hand und sagt deprimiert:

‹Kleine verbrecherisch gewordene Kaste›
nennt Churchill meine Leute... ja, gib's zu,
es *sind* meine Leute, die für Hitler
Europa kurz und klein geschlagen haben:
Denn nicht die Nazis – die Generale haben das getan!
Ja. Furchtbar, sich gestehen zu müssen,
daß die eigenen Enkel auch
geglaubt haben, sie gingen für Deutschland zur Front,
die aber doch nur für *Hitler* gefallen sind
... also *gegen* Deutschland!
Doch wie könnte ein Engländer das begreifen!
Gar begreifen im Eifer des Gefechts, daß einer
mit Leidenschaft Offizier blieb – ohne Nazi zu sein.
Kann ein Ausländer nie verstehen. So wie wir Deutschen
niemals begreifen, daß es Ausländern völlig schnuppe ist,
mit Recht, ob einer als Nazi, ob er als Anti-Nazi
in Paris einmarschierte für Hitler... Amoralisch,
wenn er als Gegner Hitlers Frankreich erobern half
... begreift aber keiner, kein einziger,
mit dem man hier noch sprechen kann,
ohne aufs Schafott denunziert zu werden.
Wie jeder, der erzählt, was er im englischen Rundfunk
gehört hat, den die Nazis den «feindlichen» nennen,
obgleich doch die Feinde auch der *Deutschen*
wie die der ganzen Welt die *Nazis* sind!
Nicht die Engländer, die für Polen
den Krieg erklärten und ihr Empire opfern,
um Osteuropa von uns Deutschen zu befreien.
Die aber dann doch nachts in unseren Städten mit
Phosphor Kinder und Frauen verbrennen:
... absurd alles!
Als könnten solche Barbareien dazu beitragen,
auch nur *ein* polnisches, tschechisches, russisches Dorf
von unsrer Wehrmacht zu räumen.!

Und kein Deutscher spürt, welche Hoffnung, ja Liebe
Stalins Rote Armee in allen Europäern auslöst
– sogar in Schweizern –, weil allein mit Hilfe der *Russen*
die Westmächte den Furor teutonicus beseitigen können,
den (wie berechtigt!) alle hassen.
Doch *eine* Kaste – ich sage das nicht, weil's meine war –
verantwortlich machen für Hitlers Krieg, auch dafür,
daß diese Kaste dem Österreicher nie in den Arm fiel,
ist schon deshalb eine Geschichtsfälschung,
weil keiner zugeben will,
daß besonders die *kleinen* Leute es sind,
die beinahe allesamt
jeden totschlügen, der sich an ihrem Führer vergriffe,
weil sie ihren Führer so lieben wie ihr Bier
und den Geschlechtsverkehr!
So niederschmetternd drastisch drückte neulich
– Pardon, Oma, sagte er –, Manfred das aus.
Er muß es wissen,
nicht den Berlinern allein schaut er aufs Maul.
Sind wir Deutsche besonders unbegabt einzusehen,
was wir anderen antun?
Schon vor achtundzwanzig Jahren
sagte ich dem Grafen Zeppelin, wie sehr
ich ihn verachtete, weil seine Luftschiffe 1915
nun plötzlich Londoner Zivilisten bombardierten.
Der großartige, sonst immer so ritterliche Kavalier
begriff überhaupt nicht, wieso ich *nicht* guthieß,
daß Zeppeline ins *Häusermeer* von London
Bomben warfen... War rasch vorbei,
weil die Briten sämtliche Zeppelin-Besatzungen
bei lebendigem Leibe
in den Verbrennungstod beförderten.
Ich glaube, bis auf zwei Zeppeline verbrannten
alle fünfzig, die wir Deutschen hatten, über London...

Ach, und was für ein entsetzlicher Tod!
Wie viele der armen Teufel, gute Jungen,
hab ich drüben in Friedrichshafen
noch persönlich kennengelernt.
Doch als dann unsre furchtbare Erfindung,
in Wohnhäuser wahllos und bei Nacht Bomben zu werfen,
als es dann so rasch aus war damit
wegen des totalen Desasters für die Zeppeline,
da war man hier zu Tode gekränkt und klagte,
Graf Zeppelin sei – mit achtzig – 1917
aus Kummer gestorben,
das «perfide Albion» habe sein Lebenswerk vernichtet!
‹Wir Deutschen›, schrieb Otto Flake, seien
‹die Menschen des ungefähren Erfassens›!
Witzig und entlarvend,
Flakes ‹Hortense oder Die Rückkehr nach Baden-Baden›
muß ich wieder lesen, das beste Frauenbuch,
seit meiner Geschichte...

Sie schaut aber zuerst nach ihrem Patienten; sucht dann einen Moment im Regal Flakes Roman – läßt es dann und setzt sich an den Tisch und murmelt:

Die haben hier den Flake nicht, sollte mir aufschreiben,
daß ich... Weit gekommen ist es mit einer,
die schon aufschreiben muß, was sie wieder lesen will.
Ja, wenn man sich nicht mehr erinnert, was man vor elf
Minuten gesagt hat, so daß man's *noch* zweimal sagt!
Keine Ahnung mehr, was gestern um elf war,
wenn ich auch noch weiß, was vor elf Jahren gewesen.
Und mich exakt erinnere, was 1911 war
– oder vor siebzig Jahren...
Daß die Natur uns nicht nur wieder abbaut,
sondern komisch macht!

Sie lacht angewidert. Sie trinkt Tee.

Soll man traurig sein oder erleichtert, daß in Afrika
so viele Deutsche in Gefangenschaft gerieten?
Immerhin, in britischer läßt sich leben, überleben,
sofern nicht diese armen Kinder noch
durch ein eigenes U-Boot auf der Überfahrt
nach Amerika torpediert werden...
Ihre Gefangenen scheinen die Briten ja
meist nach Amerika zu bringen.
Wie schlau vom Churchill, sein Vergleich
mit dem Ersten Weltkrieg:
Denn der erste ist ja der, in dem jeder,
der heute höherer Hitler-Offizier ist,
schon als junger Mann gekämpft hat.
Und so wird es gewiß einen niederschmetternden Schock
in unseren Generalen und Obersten auslösen, gesetzt
den sehr unwahrscheinlichen Fall, sie seien so mutig,
trotz angedrohter Todesstrafe
den englischen Rundfunk zu hören.
Nein, so mutig sind die nicht, sie haben *den* Mut,
«ihre» Soldaten ins Feuer zu schicken...
Kenne ihrer zu viele persönlich, Verwandte auch.
Sind keineswegs so aufsässig
wie unser Neffe Erwin Witzleben,
deshalb auch als Feldmarschall hinausgeworfen.
Wer feig ist oder auch bloß bequem
oder ein Gewohnheitstier, wird stets behaupten,
er sei nur treu gewesen!
Reden sich auf den Eid heraus, um nie zuzugeben,
daß ihr Eid, wie Churchill sagte,
schon ihr erster Meineid war.
Sie leisteten ihn dem Braunauer,
obgleich alle Älteren von ihnen

schon dem Kaiser und dann der Republik
Treue bis in den Tod geschworen hatten.
Aber so sind Generale... Obwohl es keinen gibt,
der nicht schon einen Sohn jetzt im Krieg,
viele sogar zwei Söhne, dem Hitler geopfert hat...
Mein fünfter Krieg: 64, 66, 70, 14, 39!
Obgleich das geprahlt ist; denn bevor ich Anno 14
als Schwester einrückte, hörte ich keine Granate detonieren.
Sich das vorzustellen:
daß ich 70/71 schon siebzehn war, als mir ein Vetter fiel.
Und siebzig Jahre später muß ich noch erleben,
daß zwei – *zwei* – meiner Enkel fallen!
Im Ersten Weltkrieg konnte ich mich noch aktiv
als Frontschwester nützlich machen... das heißt
ablenken, so sehr die sich auch sträubten,
mich noch zu nehmen,
weil ich schon über sechzig war!
Typisch für unsere Männerhäuptlings-Gesellschaft.
Ein General *muß* mindestens sechzig sein;
eine Frau, die Verblutende verbinden will,
darf nicht mal fünfzig sein...
Aber sich selber noch nach seiner Nützlichkeit befragen
ist zu heikel, als daß man's riskieren dürfte.
Und dann vom Menschen aufs Ganze schließen?
Oder wenigstens sich vorwagen bis zu der Frage:
Wozu das Ganze...
– ach, überhaupt nicht zu beantworten,
die Frage: Wozu?
Anmaßend, sie zu stellen.
Wäre sie zu beantworten – sie *wäre* beantwortet,
weil ja weder der Mensch neue Erfahrungen macht
...noch die Menschheit.
Und *was* dahinter ist, hinter dem Leben
oder was vor ihm war,

ob etwas... wie lange ist das nun schon her,
seit ich's mir verboten habe, danach zu fragen!
Frage aber doch.
Wer so viele sterben sah wie ich, und weiß doch nie,
wohin alle sterben, obgleich's da manchmal,
so schien's mir als Zuschauerin an Sterbebetten,
den Wegsackenden am Ende hell wird, leicht...
Neunzig. Dennoch wurde mir nur *ein* Übersinnliches
je zur Realität:
Das Phänomen der Gedankenübertragung...
die, wahrhaftig,
ist eine Realität... und läßt hoffen,
da man so gar nicht ahnt, wie sie zustande kommt.
Ja, die Antenne für Gedankenübertragung
wächst sogar mit den Jahren...
das einzige, außer der Verkalkung, das nicht abnimmt,
sondern zunimmt...
Läßt hoffen, daß es *doch*
mehr Unerklärbares geben wird.
Nur ist Telepathie leider das *einzige* Übersinnliche,
das jedermann erfährt. Und ist so beruhigend
auch nur deshalb, *weil's* niemand erklären kann;
meist Banalitäten.
«Die könnte endlich antworten», sagt man sich,
«die hat doch schon ein Vierteljahr nicht geschrieben!»
Und am gleichen Tag... ist dann mittags
tatsächlich ihr Brief im Kasten!
Unser Bodensee-Dichter hier, der Wilhelm von Scholz,
hat sogar ein ganzes Buch voll solcher Beispiele
veröffentlicht – in wie vielen Auflagen schon:
‹Zufall oder Schicksal›.
Deshalb so überzeugend, weil Scholz nie versucht
zu erforschen, geschweige denn zu deuten,
woher den Menschen

diese Botschaften aus dem Nichterklärbaren kommen...
Guter Anfang übrigens für ein Buch: Am soundsovielten
1930 rast ein Wirbelsturm über Berlin,
reißt in der Siegesallee von einer Akazie
einen schweren Ast herunter,
der dem Standbild des Soundso den Kopf abschlägt.
Am Morgen dieses Tages
war der dreiundachtzigjährige Heinrich Zille gestorben,
der vierzig Jahre zuvor im Atelier des Bildhauers Kraus
Modell gestanden hatte zu diesem Königsdenkmal
...Doch nur Zufall?

Der Junge... *weiß* er denn nun, daß er stirbt?
Nein, aber wäre er Zuschauer am Bett wie ich,
er müßte es wissen. So zugerichtet. Doch er?
Denn Glaube hat er ja, wie heute fast alle: keinen.
Es sei denn – habe ich bei anderen schon gesehen –,
daß ihm in letzter Minute Glauben kommt...
Aus Angst, natürlich – wie uns allen.
Nicht gesagt, manchmal, ohne Frage aus Zuversicht...
Aber wie muß man die Natur
– oder doch die Schöpfung? –
dafür lieben, daß sie dem Menschen
das Gespür vorenthält,
das ihm sein Sterben zur Gewißheit macht.
Und weil offensichtlich die Natur nicht wünscht,
daß der Sterbende Gewißheit gewinnt
– denn *wollte* die Natur, daß er fühlt,
wie's um ihn steht, so *gäbe* sie ihm die Fähigkeit,
das mitzukriegen –,
da sie das aber offensichtlich nicht will,
ist auch kein Sterblicher nur deshalb,
weil er Mediziner ist,
schon berechtigt, dem Sterbenden die Wahrheit anzutun,

die noch jeden (ich hab's gesehen!) vernichtet hat,
der sie erfuhr... Ja, jeden! So geschickt auch viele
den Helden spielen, sogar vor sich selber.
Aber welche Grausamkeit solcher Ärzte,
die sich das Recht anmaßen,
Sterbenden den helfenden Zweifel zu nehmen...
einem die Wahrheit zuzufügen, wenn Wahrheit
zum letzten Hoffnungsentzug wird?
Noch keinem hat's geholfen, über sich selber
zu viel zu erfahren...
Wie elend habe ich solche zugrunde gehen sehen, viele,
die gefaßt waren, bis ihnen der Arzt *sagte*:
«Sie sterben»... Inhuman!
Auch denen, wie das so albern heißt, die angeblich
«Von Mann zu Mann bitten» um diese Wahrheit,
darf kein Arzt sie antun!
Sie ist die einzige, die keiner aushält,
sei's im Bett, sei's in der Todeszelle...
Telepathie ist vielleicht gar nicht
die einzige Bekundung, die uns Menschen
aus einer Sphäre erreicht,
die unerklärlich bleibt –
Nicht zu leugnen auch Prophezeiungen, die sich erfüllen.
Absurd ist nur, aus der Erfüllung von Voraussagen
den Fehlschluß zu ziehen,
eine höhere Macht habe voraus*bestimmt*.
Nein! Hätte mir jemand prophezeit,
der arme Hartwich werde im Duell erschossen,
dann hätte das allein bewiesen, daß es Menschen gibt,
die Zukünftiges voraussehen können;
doch wäre das keineswegs
der Beweis *dafür*, daß dieser Tod im Duell
von einem Gott
gewollt, angeordnet worden ist...

Könnte man sich *das* einreden, wären ja wir Menschen
unschuldig; sind wir aber keineswegs.
Nicht Gott hat vorausbestimmt,
daß Hartwich umkommt,
sondern ich, *ich* in meiner Dummheit
habe dieses Ende dem Freund bereitet
... da hilft kein Abschieben meiner Schuld.
Daß ich ihn ans Messer lieferte,
weil ich seine Briefe aufbewahrte,
war nichts als mein Leichtsinn.
Will aber ein Religiöser – ich war, glaube ich, nie religiös –
behaupten, Gott habe das verhängt über den Freund,
so hätte demnach mein Leichtsinn
als das Werkzeug Gottes gedient?
Nein! So eine verächtliche Vorstellung ist von Gott
nicht möglich ... was vermutlich
nun doch beweist, daß ich im Innersten an einen glaube.
Das fehlte noch ...
Doch auf *ihn* abschieben, was *ich* angerichtet habe
mit Hartwichs mir so lieben ... aber unseligen,
verdammten Briefen!

Sie steht ruckartig auf, sich «herausreißend», und tritt ans Bett des Sterbenden. Vor einigen Stunden hatte der Verwundete zum letztenmal gegessen. Elisabeth wird ihm, ein einziges Mal in dieser Nacht, die Nasensonde wechseln; die Infusionsflasche ist leer; der Sterbende ruhig. Sie fängt mit dem Entfernen der alten Sonde an, indem sie das Pflaster, mit dem die Sonde am Nasenloch befestigt ist, langsam löst; anschließend beginnt sie, sehr behutsam, an der Sonde zu ziehen; mit der anderen (freien) Hand streichelt sie die Schulter des Verletzten. Je länger sie zieht, desto lauter werden die Geräusche des Patienten; eine Mischung zwischen Röcheln und Schnarchen. Als die Sonde entfernt ist, wirft sie die in einen neben ihr stehenden Kübel; sie nimmt einen Wattetupfer, beträufelt ihn mit ein wenig Alkohol und reinigt die Nasenpartie; sie entfettet sie. Daraufhin nimmt sie aus einem weiteren, vormals mit Eiswürfeln gefüllten Waschkübel, die neue Sonde, einen Kautschukschlauch und legt ihn auf ein trockenes Handtuch. Mit einem hölzernen Wattestäbchen, dessen eines Ende sie mit einem feuchten Tupfer umringt, reinigt sie nun umsichtig beide Nasenlöcher. Sobald sie das beendet hat, bereitet sie die Sonde vor; die Länge dieser Sonde schätzt sie mehr oder weniger intuitiv ab; die Länge entspricht ungefähr derjenigen der alten Sonde. Sie fettet den immer noch vom Eis gekühlten Schlauch mit Vaseline aus einer Dose ein. Sie fängt dann mit dem Einführen des Schlauches an, ein Vorgang, der durch die Tatsache erleichtert wird, daß der Patient ohnehin durch den Luftröhrenschnitt atmet und in fast sitzender Haltung ist. Sie faßt den Schlauch nahe seinem Ende an und führt ihn zügig waagrecht am Boden des unteren Nasengangs ein. Nach etwa zehn eingeführten Zentimetern greift sie langsam mit der freien Hand hinter den Nacken des Verwundeten und drückt so seinen Kopf etwas nach vorne; auf diese Weise versucht sie, ein versehentliches Verschieben der Sonde in den Kehlkopf zu verhindern. Der Patient fängt reflexartig an zu würgen; Elisabeth muß sich jetzt enorm konzentrieren. Bewußtlose und Komatöse haben keinen Hustenreflex, das einzige zuverlässige Warnzeichen, daß die Sonde versehentlich in die Luftröhre geführt wird, was ein sofortiges Zurückziehen des Schlauchs erfordern würde; sie schiebt zügig weiter; unterbricht dann aber abrupt; sie nimmt das offene Ende der Sonde und hält es an ihr eigenes Ohr, um zu überprüfen, ob möglicherweise Atemluft aus der Sonde strömt. Sie unterbricht rasch wieder, noch immer würgt der Patient, doch die Sonde scheint richtig zu liegen; sie fährt mit dem Einschieben fort, bis sie glaubt, wegen der Länge des eingeschobenen

Teils der Sonde, aber auch weil sie den Patienten nicht mehr röcheln respektive husten hört, den gastroösophagealen Übergang erreicht zu haben. Sie beendet den Vorgang mit dem Einschieben des Schlauches um weitere zehn bis fünfzehn Zentimeter. Die Sonde selbst (der draußen verbliebene Restschlauch) wird mit einem Heftpflaster an der Wange und bei der Nasenpartie, um ein Zurückrutschen des Gummischlauches zu verhindern, befestigt. Das offene Ende des Schlauchs koppelt sie an den Kunststoffschlauch der Infusionsflasche, nachdem sie sowohl die Flasche wie auch ihren Schlauch mit Wasser ausgespült hat. Am Schluß füllt sie die Flasche (Infusionsflasche, mit lauwarmem Tee, fügt einige Tropfen Morphium hinzu, erst zögerlich wenig, dann deren fast zwanzig), der Nasenbereich wird mit einer Fettcreme eingerieben, um einem Austrocknen der Haut vorzubeugen.

Gut, daß da Arbeit ist, ach: Arbeit ist viel zuviel gesagt,
gut, daß da ein Hilfsbedürftiger liegt, damit ich endlich
mich rausreiße aus der Anmaßung solcher Fragen.
Gott umkreisen, dazu gehörte schon einer,
der selber Gott wäre. Es sei denn, man ist
noch in der Pubertät. *Da* darf man fragen.
Später nicht mehr... jedenfalls dann nicht mehr,
wenn man dieser Welt Kinder ausgeliefert hat.
Schön, beruhigend, hilfreich auch als Ausrede,
daß Fontane, als er schrieb,
was er sich als meine Geschichte ausmalte,
daß er da, auf der letzten Seite seiner ‹Effi›,
alles Nachdenken übers Leben
fast lächerlich macht. Weil seine Luise Briest es
ihrem Mann mit den Worten verwehrt:
Dazu reicht es bei dir doch nicht!
(Bei *wem* reichte es?)
Und der alte Briest oder Fontane, sie sind identisch,

stimmt dem ja auch zu und schließt wie immer
«Ach, Luise, laß... das ist ein zu weites Feld.»
...der Schock, als ich zuerst hörte von diesem Roman,
1895 ist ‹Effi› erschienen.
Da war ich zweiundvierzig,
bei Fontane schon zwölf Jahre tot.
Meine Erleichterung, daß Fontane
nach Mecklenburg-Pommern verlegte,
was doch im Rheinland – ja: und auf der Hasenheide
sich abgespielt hatte.
«Abgespielt»! was für ein Wort.
Mein Zorn dann auch gegen Fontane,
weil er nicht riskiert hat, meinen Freund
sein zu lassen, *wer* er war; *was* er war!
«Nur», in Anführungszeichen, ein Bürgerlicher,
«nur» ein Amtsrichter; und wußte natürlich,
daß Hartwich so ein ganz gewöhnlicher Jurist
auch nicht war, sondern ein Pädagoge,
so fortschrittlich, daß er Ärgernis genug auslöste,
was sogar den Kaiser, blutjung, schon als Prinzen freute,
der interessiert Hartwichs Bücher las. Und ihn empfing.
Und das Porträt, das Hartwich von meinem Sohn malte
– wie schwer doch Kinderköpfe zu malen sind,
aber ganz ausgezeichnet, dieses Bild
... auch mein Porträt.
Hätte nicht die Wahrheit den Roman
überzeugender gemacht: Daß eben nicht
ein erfundener Major und Adliger mein Geliebter war,
sondern ein Rebell, der zwar sein Geld
als Amtsrichter verdienen mußte, aber doch
ein kantiger Einzelgänger war, und ein Künstler...
der Anti-Spießer schlechthin, weshalb er sich ja auch
die Pädagogen vornahm, als ihr Reformer.
Hartwichs Kampf gegen die Lehrer,

als die neben den Feldwebeln schlimmsten Ausgeburten
des Wilhelminismus, wäre heroisch gewesen,
hätte er nicht so viele Sympathisanten gefunden!
Denn wo sonst tobt bei uns das Spießbürgertum sich
so furchtbar aus wie in Schulen und auf Kasernenhöfen!
Warum spricht übrigens keiner von *Adels*-Spießern,
die noch peinlicher sind als Spieß-*Bürger*,
weil auch von Dünkel noch entstellt!
Was niemand genauer wußte als Fontane,
da er's ja täglich zu spüren bekam
im damaligen Berlin. Und der auch
nach seinem 75. Geburtstag dichtete:
«Hundert Briefe sind gekommen,
ich war vor Freude ganz benommen»
...doch mit dem Ausruf schloß:
«Kommen Sie, *Cohn*!»,
weil nämlich der gesamte Adel *nicht* gratuliert hat,
obgleich es doch keine Gutsbesitzerfamilie gab:
«Die Groeben, Bredow, Hardenberg, Schlieben –
über alle hab' ich geschrieben»;
– keine, die Fontane in seinen ‹Wanderungen›
nicht besungen hatte... Nicht *eine* dankte ihm!
Nur die Juden, die Fontane stets kritischer, abfälliger
betrachtet hatte, nur *die* haben gratuliert;
die haben ja auch die Berliner Theater gebaut
und dabei viel Geld verloren,
so daß Fontane selber noch schrieb,
«Die Juden finanzieren unsre Kultur und wir Arier
den Antisemitismus»...
Aber warum, wenn er in seinen späten Briefen
gegen den Adel ebenso eingenommen war
wie früher gegen Juden:
Warum mußte Fontane Effis Geliebten *adeln*?
Warum durfte mein Hartwich nicht Richter bleiben,

sondern mußte Major werden und *von* Crampas?
So stecken wir alle in Konventionen – sogar Fontane.
Wenn nicht aus Feigheit,
so weil wir umgebungsblind sind.
Vor allem aber *ahnungslos* konventions-hörig...
Und Ehebruch
schien selbst diesem Dichter schon halb entschuldigt,
wenn er wenigstens «standesgemäß» blieb!...
Gottfried Benn, bevor ihn die Nazis
durch Schreibverbot mundtot machten,
hat genau dies Fontane angekreidet:
Zu gefällig... gefällig heißt beifällig.
Benn beschimpft ihn sogar «pläsierlich».
Hab's ausgeschnitten aus der Zeitung
und in ‹Effi Briest› gelegt,
die Fontane zwar mit Sympathie für mich schrieb,
aber doch in Übereinstimmung
mit dem Sittenkodex des Zeitalters.
Würde Fontane, hätte er 1913 noch erlebt, riskiert haben,
die Tragödie der Prinzessin Sachsen-Weimar zu dichten,
die sich erschossen hat,
weil sie den Juden Bleichröder nicht heiraten durfte,
den Sohn von Bismarcks geadeltem Bankier?
Warum ist jede Zeit *anders* albern?
Und alle einzelnen in der Epoche *auch*?
Vor dreißig Jahren zwang unsre Gesellschaft
so ein Mädchen,
nicht jedes, aber eine Prinzessin,
sich zu erschießen, weil es einen Juden liebte;
heute kann eine mit einem Juden Verheiratete
sich eigentlich nur noch umbringen,
wenn sie nicht fliehen konnte,
weil der Staat ihren Mann als Juden ermordet.
Und jeder von uns weiß das. Und guckt weg wie ich!

Und schweigt – wie ich.
Ist aber empört, daß die Engländer
deutsche Städter mit Phosphor verbrennen,
so viele Deutsche sie können...
während im Ersten Weltkrieg,
mit Ausnahme unsrer Zeppelinangriffe auf London,
jeder Soldat sich geweigert hätte,
vorsätzlich Zivilisten zu töten.
Ja, Gegner werden durch Grausamkeiten ähnlich.
Wie kommt über eine Zeit – über Zeitgenossen –
der Irrwitz, was «sich gehört», und was – angeblich
oder wirklich – «unmöglich» ist?
Als Bismarck Schüler war – gab's im
Biedermeier-Berlin unter dem Einfluß
von ‹Nathan dem Weisen› eine Menge Ehen
zwischen Christen und Jüdinnen...
So sagte Bismarck noch eine Generation später,
die hervorragende Intelligenz einiger unsrer Familien
sei offenbar gezüchtet worden,
denn da habe ein christlicher Hengst
eine jüdische Stute besprungen.
Und er wisse noch nicht, ob er das nicht auch
seinen Söhnen empfehle,
wenn die einmal heiraten wollten...
Diese provokante Äußerung
hat Bismarck auch deshalb Spaß gemacht,
weil die Generale und Prinzen, die da mit ihm aßen,
Bismarck wegen seiner «nur» bürgerlichen Mutter
nicht ganz für voll genommen haben,
diesen einzigen Deutschen in seiner Zeit – neben Wagner –,
den sogar der arrogante Nietzsche respektiert hat.
Seine Mutter mußte ihm zu Weihnachten
Bismarcks Reden schenken!
Denn er beneide Bismarck um den Reichstag,

dem er so Furchtbares sagen könne;
offenbar mache der Kanzler solche radikalen
Geständnisse nicht einmal seiner Frau
... *wozu sonst* brauche er den Reichstag!
Soviel ich auch – notgedrungen – gelesen habe
als ewige Nachtwächterin, nur um nicht einzuschlafen,
– wie viel lieber hätte ich gelebt,
aber dazu fehlte stets das Geld,
Lesen ist Leben aus zweiter Hand!
Nie – *nie* fand ich in einem Buch
diese vielleicht alles entscheidende Frage gestellt:
Warum Menschen und folglich ganze Epochen
einer Idee nachlaufen;
woher sie überhaupt kommt, diese Idee...
«über-Haupt» ist genau richtig, weil sie nämlich
über dem Haupt der Menschen
zusammenschlägt, sich ihrer bemächtigt.
Denn wir Menschen *haben* gar nicht die Ideen,
sondern *werden* gehabt von ihnen!
Wir gehorchen ihnen, nicht umgekehrt... Furchtbar!
Zum Beispiel heute: Sechs Deutsche und folglich –
ja: im Wortsinn folgsam –
die anderen sechzig Millionen auch,
sitzen den zwei Einfällen auf:
Erstens, die Juden seien unser Unglück; zweitens,
wir verhungerten ohne «Lebensraum im Osten».
Der erste Einfall muß dem Hitler eingefleischt sein,
vielleicht stimmt's, was die in Wien munkeln,
daß er einen jüdischen Großvater hatte
und den Kanzler Dollfuß deshalb ermorden ließ,
weil der das belegen konnte.
Und sein zweiter Wahn, wir brauchten «Lebensraum»,
«folglich» müßten wir den Russen die Ukraine abfetzen,
der bringt nun die Rote Armee nach Berlin.

Wie gleicht die deutsche Geschichte seit Bismarcks Entlassung
dem Märchen vom Fischer und siner Fru!
Dieses Märchen *ist* unsre Geschichte
der letzten fünfzig Jahre.
Bismarck hinterläßt uns das stabilste Haus,
demonstriert zwanzig Jahre lang,
daß europäische Politik genügt,
Weltpolitik ist nicht unsre Sache.
Doch kaum ist er gestürzt, schreien die Intellektuellen
– ja, *Ideen* haben uns blind gemacht und blöd –
nach Weltpolitik!
So bauen wir vehement Kriegsschiffe gegen England,
absurd: ausgerechnet Wilhelm,
der Enkel der Queen, baut sie!
So daß uns *deshalb* der Krieg erklärt wird.
Und als trotzdem das Wunder geschehen ist – 1917 –
und der Kaiser
hat Rußland besiegt, da lassen wir Deutsche
noch fünfzig Divisionen bis zur Krim marschieren,
nur um das geschlagene Riesenreich zu besetzen,
das sich gar nicht mehr wehrt, –
und wir wollen uns ein Imperium ergaunern,
größer als jeder Staat auf dem Kontinent,
worüber aber das Kaiserreich in Frankreich
die letzte Schlacht verliert.
Und Wilhelm der Letzte sitzt dann,
genau wie das Fischerpaar in seiner kümmerlichen Kate,
noch ein Vierteljahrhundert
in seinem holländischen Garten ab,
der gemessen an *dem*, was ihm nicht groß genug gewesen
– gemessen an seinem Deutschland,
so klein ist wie ein Schrebergarten
gemessen an Rußland...
Dann aber *glauben* wir nicht einmal,

es sei mit rechten Dingen zugegangen, 1918,
als wir besiegt worden sind,
sondern lassen uns vom Teufel und vom Hitler holen,
nur um ein Vierteljahrhundert später
noch einmal *denselben* Irrsinn durchzuexerzieren.
Worauf wir – wer weiß – vielleicht nicht nur
zurückgeschmissen werden wie die beiden
in ihre elende Fischerkate, sondern womöglich auch
deportiert werden
– ins Nichts oder als Arbeitssklaven nach Sibirien!
Ebenso wie wir jetzt drei Millionen
nach Deutschland als Arbeitssklaven verschleppt haben.
Wir Deutsche, dank tüchtiger Soldaten seit Napoleon
nie okkupiert, sind unfähig uns vorzustellen,
was wir als Besatzer *andern* antun.
Wie sagte hier der Krankenhaus-Chauffeur,
der den stattlichen Namen Richard Wagner trägt,
als er vor zwei Jahren auf Urlaub kam
und mir den neuen Ofen setzte:
«Wenn das mal verkehrt geht, Frau von Ardenne!
Was ich da bei Riga gesehen habe mit meinen eigenen
Augen, wie's unsere da getrieben haben,
als sie die Judenfamilien
nur angeschossen haben in dem Steinbruch,
den sie dann sprengten –
die mehrsten, schätze ich, sagte der Mann,
seien *lebendig* begraben worden,
wie dann die Felsen draufgesprengt wurden»...

Sie zitiert das in gräßlich schwäbischer Volksmundart.

Jetzt, sagte mir Manfred, machen sie das mit Gas...
«Wenn das mal verkehrt geht»
– Heimzahlung, Heimsuchung!

Und wie schnell *kam's* dann neulich im Juli
über die Hamburger! Als in Hammerbrook
– Viktoria von Weizsäcker übertreibt nicht –
vierhundert von tausend Bewohnern verbrannt sind
durch englische Phosphor-Bomben ...
Fast fünfzigtausend Hamburger
... viele Straßen umzingelt von Feuer,
wie's in der Bibel steht, das vom Himmel regnet.
Und was geht in Familien vor,
die da sich ausziehen müssen,
dann nackt Schlange stehen am Steinbruch,
bis sie erschossen oder angeschossen werden
– oder in denen,
die im Keller merken, sie sind umringt von Feuer,
sie werden lebendig verbrennen,
wenn sie nicht das Glück haben zu ersticken?
Ach, wie vielen Menschen wird doch angetan,
daß sie zuletzt – wenn sie noch denken können,
denken *müssen*: Wären wir nie geboren!
Aber daß unsere Zeit *Familien* antut,
so denken zu müssen, nicht einzelnen,
deren viele das wohl schon immer dachten!
Gnade ist, bleibt der Mensch bis zuletzt davor bewahrt,
sich fragen zu müssen, für was er
– wie ich – so lange aufgehoben wurde,
oder warum er – wie dieser Junge hier –
so rasch wieder weggenommen wird!
Und was kann der Mensch selber dazu tun
– *kann* er das? –,
dieser Frage zu entgehen? Arbeiten, sofern er Arbeit hat
und gesund dazu ist ... ja: Sonst wohl – *nichts*.
Sich nützlich machen,
wenn nicht, ist man verloren ... Lies jetzt irgendwas,
sonst fällst du heute nacht wieder einmal ins Loch:

ekelhafte Altersdepression... nein, ich habe mich
um den Kaputtgeschossenen zu kümmern...

Sie blickt lange wortlos vor sich hin; dann:

Wer sich so in den Sumpf der Existenz vorgewagt hat,
der ist schon dem Spleen nahe,
wenn er nichts *tut*! Ich war immer privilegiert,
weil ich stets arbeiten mußte; finanziell gezwungen
– wer täte es sonst bis zum Neunzigsten; klopf auf Holz,
daß du weiter gesund bleibst, sonst...
Mit neunzig gesund bleiben wollen – während der Soldat
nicht zwanzig werden darf... ich schreibe einen Brief,
sonst falle ich ins Bodenlose diese Nacht!

Sie entnimmt ihrer großen Handtasche einen Schreibblock, einen Füller; offenbar überlegt sie, wem sie schreiben kann – schiebt dann Block und Füller von sich weg. Der Patient hat eine Tracheotomie (Luftröhrenschnitt), die ihm erst vor kurzem gelegt wurde. Seinem Röcheln nach scheint er wieder verschleimt zu sein, was Elisabeth veranlaßt, den Patienten abzusaugen, d. h. ihn von dem zäh/dickflüssigen Schleim, der sich periodisch ansammelt, mit Hilfe eines dünnen Schlauches zu befreien. Sie nimmt dazu einen Absaugkatheter (ebenfalls ein Kautschukschlauch) und setzt das Absaugzwischenstück an der zwischen Schilddrüse und Schildknorpel einliegenden, am Trachealknorpel festsitzenden Tracheotomiekanüle an. (Orales Absaugen wahrscheinlicher.) Dann unterbricht sie die Verbindung zwischen der Sauerstoffflasche, deren leises Brubbeln in den Momenten, in denen sie innehält, die Stille des Raumes stört, aber die dem Verwundeten eine unschätzbare Hilfe beim Atmen bietet, für einen kurzen Augenblick mit einer Klemme am Sauerstoffschlauch; nun führt sie den Absaugkatheter, ohne das Gerät und somit den Sog eingeschaltet zu haben, in die Tra-

chea ein, bis hin zur Bifurkation (Widerstand); sie stellt das Absauggerät, ein lautes radioähnliches Gebilde mit einem Glasbehälter auf der Seite und der Lautstärke eines unter Wasser startenden Bootpropellers ein, und zieht den Katheter unter leichten Drehbewegungen zurück; das Ganze dauert keine fünfzehn Sekunden; sofort entfernt sie die Klemme am Sauerstoffschlauch und läßt den Patienten durchatmen, soweit dies sein Zustand erlaubt. (Sie wird das Absaugen noch einige Male wiederholen, ohne einen bestimmten Rhythmus einzuhalten, je nach Husten, Röcheln des Patienten.) Sie schiebt später das Absauggerät, dessen Glasbehälter mit seinem Sputum gefüllt ist, weg.

Ein Briefempfänger ist schließlich kein Mülleimer
für seelische Notstände. Könnte ich anderes schreiben
als nur Briefe, das hab ich oft gedacht, so schriebe ich
– heute nicht mehr, versteht sich, nicht mehr mit neunzig,
aber als ich mit ungefähr siebzig aufhörte,
selber zu leben, *da* habe ich oft bedauert,
nicht schreiben zu können ... eine Biographie:
Das Leben einer Frau,
die es vermocht hat, ihr Leben sinnvoll zu machen
auch für andere, und die darum kämpfen mußte!
Nicht das Leben einer Heroine, einer Jeanne d'Arc
oder auch nur das einer Katharina
oder einer Missionarischen wie der Nightingale.
Nein, eher das einer altgewordenen Malerin,
die mehrere historische Epochen überleben *mußte*
– oder durfte wie die Vignée le Brun ...
die auch fast neunzig wurde.
Sie hat Marie-Antoinette schon gemalt, später Napoleon,
dann Balzac. Drei Epochen dokumentieren!
Allerdings hat sie selber Memoiren geschrieben ...
daher vermutlich alles schon selber gesagt.

Sie sinnt; es geht ihr nicht gut, das sieht man, das hört man auch, wenn sie endlich mehr herauswürgt als spricht:

Diese Überlegung, die Biographie einer
seit hundert Jahren toten Malerin zu schreiben –
obgleich ich schließlich vor zwanzig, vor dreißig Jahren
schon merkte, schreiben kann ich nicht...
wie schwer fiel's mir, den Enkeln, als die einrückten,
auch nur das Nötigste aus meinem Leben aufzuschreiben...

Kurzes Auflachen:

‹Das Nötigste›: Was ist Enkeln schon
noch «nötig» aus dem Leben der Großmutter?
Ich habe nur deshalb daran gedacht, das Leben
dieser Französin nachzuerzählen,
um mich vor mir selbst zu – *drücken*!
Um vom eigenen Lebenslauf wegzusehen... So ist das.
Oh, es gibt so wundervolle Rechtfertigungen,
keine Selbstbiographie, ja
– nicht einmal eine Biographie zu schreiben.

Sie muß leise lachen:

Der lustige Brief, in dem Freud
irgendeinem sehr berühmten Autor
– natürlich hab ich vergessen, wem –
die Bitte abschlägt, sein Biograph werden zu dürfen.
Wie jeder, der ehrlich ist, *erschrickt* Freud
vor diesem Wunsch.
Er wird da siebzig.
Und ein großer Romancier will sein Leben schreiben,
interessiert ja auch viele, ich hätte das gern gelesen.
Kommt aber gar nicht zustande, diese Biographie,

weil Freud
ebensoviel Angst davor hat, wie er ehrlich ist.
Und noch viel mehr Angst müßte einem
die Selbstbiographie machen,
schreibt er sarkastisch in dem Brief,
weil die biographische Wahrheit *niemals* zu haben sei.
Sicher. Sicher ist das so.
Denn könnte man sich als Ausflucht noch einreden,
der Biograph habe eben nicht nach allem gefragt
– sich selber kann man ja solche Unterschlagungen
nicht durchgehen lassen.
Da man alles von sich weiß – wenn auch keineswegs
alle Beweggründe.

Sie lacht:

Dieser furchtbare Satz, weiß nicht von wem:
«Das habe ich getan, sagt mein Gedächtnis.
Das *kann* ich nicht getan haben, sagt mein Stolz!
Endlich gibt mein Gedächtnis nach»...
Sollte etwa *ich* mir zweimal die Woche sagen,
was ich mir sagen *müßte*:
Doch geahnt zu haben, mein Mann mache *ernst*?
Der wird's *nicht* so machen wie Hartwich,
der in die Luft schoß...
Nein: ich kann diese entsetzlichste aller Tatsachen
in meinem Leben,
ich *kann* sie nicht dauernd und immer neu,
brutal wie sie ist, *reinlassen* in mein Gemüt.
Das brächte mich um... daß ich doch *gewußt* habe,
gewußt haben *muß*: Hartwich als Kavalier,
der dem Freund die Frau verführt hat,
wird ihn *nicht* auch noch *töten*, obgleich er's doch
konnte: hat ja, hat als der Geforderte

den ersten Schuß, und ist ein Meisterschütze!
Pistolenschießen zählte ja im ganzen Club in Düsseldorf –
lauter Reserve-Offiziere wie Hartwich oder aktive –
ebenso zum Sport wie Schwimmen.
Er konnte Ardenne töten – hat das aber nie erwogen.
Woher ich dessen so sicher bin?
Aus seinem letzten Satz: Liegt da mit Bauchschuß,
an dem er
drei Tage später stirbt – klagt aber keineswegs
den sogenannten «Sieger» an,
sondern entschuldigt sich bei ihm auch noch...
Oh, warum... warum:
Konnte mein Mann nicht honorieren,
daß Hartwich nur in die Luft schoß!
Honorieren im Wortsinne: ihn ehren,
da doch diese Männer-Narren
von nichts so oft quasselten
wie von «Ehre» –, ihn also *ehren* für die Großzügigkeit,
nicht Gebrauch gemacht zu haben
vom Vorteil des *ersten* Schusses...
der blöden «*Ehre*», weiß Kaiser und Gott,
war doch genug getan
durch die Forderung.
Riten nicht von Menschen – nein: von Platzhirschen.
Aber fordern *mußte* Ardenne ihn.
Man kann von keinem verlangen, den Gepflogenheiten,
mögen sie noch so närrisch sein,
der Gesellschaft öffentlich zuwider zu handeln,
wenn er dafür als Feigling gilt
und aus dem Beruf weggejagt wird.
Das darf nie vergessen, wer Ardenne Gerechtigkeit
zuteil werden lassen will wie dem Toten:
Er wäre aus dem Generalstab gejagt worden,
wäre unser Verhältnis aufgeflogen,

ohne daß er Hartwich gefordert hätte...
Und natürlich wäre es aufgeflogen...
Was heißt «wäre»?
Der Maler Beckmann sagt's ja in seinen Memoiren,
schon im Düsseldorfer Malkasten hätte man
über unseren Benrather Freundeskreis getuschelt,
da bahne sich eine Katastrophe an, weil Hartwich
mir zu offensichtlich den Hof machte
...Und als wir dann sogar blöd
genug gewesen sind, in Berlin gemeinsam – und zu spät –
zu einem Souper zu erscheinen,
auch mein Mann längst da, neben den wartenden Gästen,
sah er mit der Hellsichtigkeit des Betrogenen,
daß wir aus dem Bett kamen.
Wer wirft den ersten Stein, daß er
meine Briefkassette aufbrach?
Denn da war allen – alles klar; Liebesleute sind zu allen
Zeiten *gleich* dumm in der Unterschätzung dessen,
was andere wissen.
Wenn nicht sogar Liebeverrückte auch noch verhext sind
von dem Trieb, bis zum Lebensgefährlichen
andere ahnen zu lassen, was sie treiben!
Verbotene Liebe, habe ich auch bei Homosexuellen
beobachtet,
hat diesen suizidalen Stolz,
durchschaut werden zu wollen
– natürlich nicht von *jedem*!
Andererseits: Wie doch die Ehe derart abnutzt,
daß einer dem anderen eine Affäre gar nicht mehr
zutraut... ihn oder sie gar nicht mehr
für so begehrenswert hält, daß es passieren *muß*!
Ja, es *mußte*, zwischen Hartwich und mir.
Das soll mich nicht entschuldigen.
Ich weiß natürlich, daß es uns angenehmer ist,

sagen zu können, es sei uns zugestoßen –,
als uns einzugestehen, wir hätten es selber gemacht.
Hartwich und ich – wir hätten uns nur entgehen können,
denn er war der vollkommen schöne Mann,
wären wir einander nie begegnet,
da das aber geschehen war,
war unsere Liebe *unausweichlich*... Die Liebe
– nicht Hartwichs Tod... Wie *kann* man auf einen zielen,
ihn vorsätzlich erschießen,
der sein Recht auf den ersten Schuß preisgegeben hat,
indem er in die Luft schoß?
Hat nicht einer sozusagen die Waffe weggeworfen,
der freiwillig verzichtet auf den ersten Schuß?
Dann aber den Unbewaffneten totschießen
– abscheulich! Fontane hat auch diese Frage
sehr rücksichtsvoll erörtert, indem er erstens
durch den von ihm konstruierten Altersunterschied
den Ehemann denunziert als einen, dessen hohes Alter
die zu junge Frau entschuldigt, während in Wahrheit
Hartwich noch fünf Jahre älter war als Ardenne.
Zweitens hängt Fontane ihm Mangel an Leidenschaft an;
entzieht sich dann aber doch,
um den Ehemann nicht so brutal zu zeichnen,
wie meiner gewesen ist,
der Frage, die mir von allen die quälendste blieb,
nun schon siebenundfünfzig Jahre lang... wahrhaftig?
86 bis 43: vierzehn und dreiundvierzig – ja:
siebenundfünfzig Jahre her!
Warum er *den* totschoß, der sich schon ergeben hatte.
«Die Schüsse fielen, Crampas stürzte»
– nein, nein, Fontane, so problemlos war's *nicht*!
«Crampas» schoß doch gar nicht:
Und warum haben Sie *das* nicht gesagt,
wenn Sie sich schon *unsre* Geschichte aneigneten?

Dichterische Freiheit ist eines – doch Problematik,
wo sie menschlich mörderisch und peinlich wird,
ja: schweinisch – einfach wegglätten?

Sarkastisch:

Aber guckt man «einem geschenkten Gaul ins Maul»?
– *wer* wurde hier beschenkt? Der Dichter
oder Hartwich und ich durch den Dichter,
der uns verewigte?
Verewigte ist wohl übertrieben – wer weiß!
Den international berühmteren Romanciers, die *nach*
Fontane kamen, jedenfalls den deutschschreibenden,
ist immerhin bis heute keine Frauengestalt geglückt,
die so populär geworden ist wie ‹Effi›... Wieso?
Ein Geheimnis... wie ja auch die Frage: Warum überlebt
dieses – doch nicht jenes Buch! Ist Spielhagen,
dessen Roman sich doch genauer an unsere Geschichte hält
als der Fontanes, den aber trotzdem kein Mensch mehr liest,
tatsächlich so viel schlechter als Fontanes Buch? Ja!
Kein Mensch kennt auch nur den Titel:
‹Zum Zeitvertreib› – eine Verleumdung unsrer Liebe,
die alles andere war ... oder?
Oder doch auch Zeitvertreib?
Vielleicht anfangs – ja!
Aber dann wurde sie unausweichliche Leidenschaft.
Natürlich bin ich froh, daß Spielhagen vergessen ist,
der mich so verächtlich behandelt,
obgleich er mit mir korrespondierte
und den falschen Eindruck erweckte, er wolle uns,
Hartwich und mir, Gerechtigkeit widerfahren lassen.
Bin froh, daß es weg ist, sein Buch,
unauffindbar sogar in Leihbüchereien
– als gäbe es so etwas wie literarische Gerechtigkeit,

die es so wenig gibt wie Gerechtigkeit überhaupt.
Wie er am Ende seine «Heldin» als gedankenlose Hure
zeichnet, die der Freundin ins Gesicht lacht, als die vermutet,
sie habe den Mann doch *geliebt* – empörend!
Ob es Liebe überhaupt gäbe, fragt sie;
und man spürt als Leser, das ist allen Ernstes
die Frage auch dieses nichtswürdigen Literaten
... wie gerecht, daß ihn keiner mehr kennt,
obgleich Fontane, damals viel weniger gelesen,
ihm die Ehre antat,
mit ihm zu korrespondieren über unsere Geschichte.
Zwar hat Spielhagen, man soll ja *keinem* nur Schlechtes
nachsagen, im Gegensatz zu Fontane,
immerhin Hartwich nicht zum Adligen stilisiert,
sondern Gymnasialprofessor sein lassen;
und Spielhagen macht auch *seine* Ehebrecherin
nicht – wie Fontane – dadurch lächerlich,
daß er sie an ihre Mutter schreiben läßt, Frau Crampas
sei «keine Geborene»! Hat Fontane nicht gemerkt,
daß er Effi damit albern macht? Oder hat er das *gewollt*?
Spielhagen fertigt auch die arme Frau Hartwichs nicht
so schnöde ab wie Fontane
– sondern hat für *sie* das Herz,
das er für mich und für Hartwich *nicht* hat...
Hartwich wird als sentimentaler Trottel,
ich als das Hürchen gezeichnet,
das nur lacht bei dem Wort Liebe.
Sonst aber kann man nur noch staunen, daß zur gleichen Zeit,
in der Fontane unsre Geschichte erzählte,
sie noch dem Spielhagen abgekauft wurde,
der sie so beleidigend primitiv abschnurrte.
Auch seine Briefe, in denen er mich ausfragen wollte:
ein Gerichtsreporter, kein Dichter!
Gedichte waren das einzige, was ich kannte von Fontane,

als er mir bei Lessings vorgestellt wurde, 1880,
der Frack stand ihm ausgezeichnet, dem Sechzigjährigen,
über einsachtzig lang; ich war siebenundzwanzig.
Er hatte schon einige Balladen in Schulbüchern,
und alle Gutsbesitzer waren geschmeichelt
– hätten das aber nie zugegeben –, besuchte er
auch *ihr* Schloß auf seinen ‹Wanderungen›.
Ich konnte das für mein Elternhaus gar nicht erhoffen,
weil Schloß Zerben an der Elbe liegt,
Fontane aber nur durch die Mark wanderte.
Daß er auch Romane schrieb, wußte kein Mensch;
man kannte Fontane als Theaterkritiker;
da er stets mit Th. F. zeichnete, so sagten die Berliner:
Theaterfremdling, von Theater verstehe der Apotheker nichts.
Doch mußte er ja von irgendwas leben, und so schrieb er
Kritiken... Wer nicht schreiben kann, rezensiert,
sagte mein Mann, den Fontane höher schätzte
als manchen Offizier sonst;
Ardenne hatte schon mit sechsundzwanzig
die Geschichte der Ziethenhusaren veröffentlicht...
Ich scheine als Person dem Dichter
– war ja auch eine sehr junge Gans –
gar keinen Eindruck gemacht zu haben, weil er mich
nicht nur nie beschreibt in seinen vielen Briefen,
immerhin die Titelfigur seines Hauptwerkes,
sondern – schlimmer – sogar eine englische vierzehnjährige
Methodistin, die er mit ihrem Bruder
auf dem großen Balkon des Zehnpfund-Hotels in Thale traf,
derart als Vorbild seiner ‹Effi› preist,
daß er sogar vermutet, das Schicksal selber habe ihm
diesen britischen Backfisch zugeführt... der da
an der Brüstung in den Sonnenuntergang sah.
Und wie sie angezogen war,
so zieht Fontane mich an,

auch noch in den letzten Kapiteln des Romans:
Hänger, blau und weiß gestreifter Kattun,
Ledergürtel, Matrosenkragen.
Daß er mit meinem Mann beim ersten Treffen,
als Ardenne Tischherr von Frau Fontane war,
so interessiert sprach,
ist auch auf die Attacken zurückzuführen,
die Armand 70/71 mitgeritten hat.
Er hat den Dichter interessiert,
was wäre auch an *mir* schon gewesen, bevor ich Hartwich
zu einem Duell-Toten gemacht habe...
Wie gut, daß ich mir einreden kann,
nicht ich – sondern Ardenne habe das verschuldet.
Wir machen unsere Mitmenschen so oft
haftbar für das, was wir selber verschuldet haben:
daß sicher *dies* der Hauptgrund ist, warum Ehen halten.

Sie lacht.
Der sechsundsiebzigjährige Thomas Mann las im November 1951 wieder einmal «stundenlang» in ‹Effi Briest›: «... die ganzen Schlußteile. Tiefste Bewegung und Bewunderung. Die Kritik an der Grausamkeit des Gesellschaftssystems jedem menschlichen Anspruch genügend. Die Neigung zum Plebejischen: Roswitha ‹ist uns über›. Spott über ‹Zwicker›, der die soziale Revolution für ‹überholt› hält. Reue und Resignation Instettens. Effis Tod, Rollo, die zweifelnden Eltern, – ersten Ranges alles, beglückend, beschämend und zum Weinen schön.»
Thomas Mann, der nicht einmal von den russischen Epikern nachhaltiger geprägt worden ist als durch Fontane, hat nicht mehr erfahren, daß Dr. Helene Herrmann: Elisabeth von Ardennes «Entdeckerin» als Effis Ur-Figur, 1944 in Auschwitz vergast worden ist. Auch Elisabeth, die sie sogleich hier erwähnen wird, hat das nie mehr erfahren, aber vermutlich

geahnt ... Thomas Mann hatte am 21. Januar 1920 notiert: «Dr. Helene Hermann schickte ihren großen Essay über ‹Effi Briest›, der sehr gut ist.» Er schrieb Hermann – statt Herrmann. Sie war 1877 geboren.
In Leipzig ist 1988 ihr Reclambändchen: ‹Einfühlung und Verstehen. Schriften über Dichtung› erschienen.

Einen braucht man ja dafür!
Typisch, daß es ein jüdischer Salon war im damaligen Berlin,
der Literaten und Aristokraten zusammenführte!
Und nur eine *jüdische* Redaktion zahlte damals
einem Fontane eine Pension, die ihm's Romane schreiben
finanziert hat.
Werden die Kinder und Enkel von Emma Lessing,
die uns damals oft eingeladen hat, gerade vergast?
Sofern sie nicht selber so unglücklich ist,
noch am Leben zu sein?
Erleichtert mich jetzt, daß sie *wie alle*:
nie nach mir gefragt hat, nach der Scheidung;
so muß ich mir jetzt nicht vorhalten,
auch nach ihr nie mehr gefragt zu haben,
seit Hitler zur Macht kam...
Oder entkamen die Lessings noch mit irgendeinem
Dampfer?
Die Herrmanns entkamen nicht.
Die Herrmanns, deren Tochter Helene
so *ergreifend* schön war, anders kann man's
nicht nennen, daß Menzel sie mehrmals zeichnete.
Die Helene wird nun vergast;
meine erste Biographin; sie *zuerst*
hat publiziert, daß es meine Geschichte ist,
die Fontane verwendet hat.
Und so korrespondierte ich mit ihr
– und weiß nun, daß sie voriges Jahr

deportiert wurde ab Bahnhof Grunewald.
Mit zwanzig Pfund Gepäck…
wie ich das schon verdrängt hatte!

Frau von Ardenne verdrängt das nun wieder. Dazu hat sie ihren Patienten, um den sie nun fast heftig bemüht ist.

Seit wann eigentlich nimmt man Fontane
literarisch ernst?
Hat keiner getan, bevor Thomas Mann um 1910
festhielt, ‹Effi› sei der deutsche Roman
seit ‹Wahlverwandtschaften›… in Süddeutschland,
zu meiner Erleichterung, kennt ihn heute noch keiner.
Die lesen lieber Hesse oder Wiechert; möchte wissen,
ob Wiechert heraus ist aus dem KZ… Daß er publiziert,
läßt es hoffen – macht's aber noch keineswegs gewiß!
Sind zu schlau, den meistgelesenenen Romancier
zu verbieten: Wie wird doch Blindekuh mit uns gespielt
– weil wir das wollten in vorausspringendem Gehorsam!
Und heute im Kriege,
scheußlich, aus Selbstschutz-Bedürfnis,
stopfen wir uns die Ohren zu, um nicht zu hören,
was links und rechts an Todesnachrichten eingeht,
an Elend die Familien zerreißt,
weil man nur ein kleines Quantum davon aushält…
und jedes Haus selber betroffen ist.
Wer hätte denn schon um keinen Angst?
Der Briefträger… diese meist nur irrwitzige Hoffnung
der Frauen, er habe einen Brief für *sie*!
Und die furchtbar berechtigte Panik,
wenn im biergelben Rock
der Partei der alte Ortsgruppenleiter
– hier immerhin ein Mensch, der einem schon leid tut –
in einer Straße sich blicken läßt,

verschrien als «Totenvogel»,
weil *der* die fürchterliche Last hat,
den Leuten sagen zu müssen,
der Mann, der Sohn sei gefallen oder vermißt;
zu gar nicht so wenigen, sogar hier im Städtchen,
hat er schon zweimal gehen müssen, seit Kriegsbeginn!
Warum Romanciers – und selbst die besten – nicht ohne
Klischees auskommen: Der Liebhaber hat
jünger zu sein als der Ehemann, wieso eigentlich?
In Wahrheit war Hartwich,
der am 9. Mai hundert geworden wäre,
zehn Jahre – mein Mann aber nur fünf älter als ich.
Für Leser gleichgültig, mich aber verstimmt's,
daß Fontane tut, als habe der Altersunterschied
mich auf den sogenannten ‹Schritt vom Wege› gedrängt!
Nein, so schlicht gestrickt waren wir drei nicht
... gerade die geistige Energie, die von Hartwich ausging,
hat mich noch stärker an ihn gefesselt
als sogar seine Schönheit!
Und das Musisch-Geistige war es auch, das ihn
mit meinem Mann verbunden hat,
wenn der als Pianist,
Hartwich als Cellist miteinander musizierten.
Die Überlegenheit meines Mannes
– ja, die muß man ihm lassen!
Nicht über Hartwich, wohl aber über Mitoffiziere...
Welcher Offizier sonst ohne Studium publiziert
schon mit sechsundzwanzig ein Geschichtswerk
und hat auch noch, ohne als Ingenieur
ausgebildet zu sein, den Blick vorausschauend,
daß moderne Geschütze anders konstruiert sein müssen
als die von Krupp, was ihm «Allerhöchstdesselben»
Ungnade in einem Unmaß zuzieht,
daß er nicht nur vorzeitig ungnädig verabschiedet,

sondern auch im Krieg nicht wieder verwendet wird,
was ihn tief demütigte.
Sein letzter Chef Hindenburg, bei Kriegsbeginn aktiviert,
rettete Ostdeutschland vor den Russen.
Freut mich für Ardenne, daß er immerhin
den schmachvollen Abgang dessen,
der ihn schnöde hinauswarf, überlebte.
Wilhelm der Letzte entwich ins Exil im November 18,
Armand starb im Mai 1919.
Wenn doch *einer*, *nur* einer wie Armand,
ein jüngerer General damals die Einsicht aufgebracht hätte,
der Suttner sich anzuschließen:
ein profilierter Offizier an ihrer Seite
– und man hätte sie ernst genommen
oder doch *mancher* Mann hätte
diese erstaunlichste Frau meines Zeitalters
ernst genommen... Und *das* hätte wohl
doch eine verändernde Kraft gehabt.
Doch keiner nahm sie ernst...
Wäre nach zwei Weltkriegen fällig,
endlich mit der Anerkennung dieser
bedeutendsten Kassandra nach der trojanischen
die blöde Hysterie zu dokumentieren,
mit der die Männer über diese Frau herfielen.
Wir sind alle über diese Frau hergefallen, als sie 1889
– ausgerechnet im Geburtsjahr Hitlers –
‹Die Waffen nieder› veröffentlicht hat,
dies große, belächelte Prophetinnen-Buch!
Noch kreischender äußerte sich dann die Hysterie,
als Bertha von Suttner den Friedensnobelpreis bekam:
als erste Frau.
Auch so eine männliche Frechheit, Hysterie
als Krankheit nach uns *Frauen* zu benennen:
Hysteron-Uterus.

Denn wie ist Frauen-Hysterie nur unerheblich Privates
– gemessen an Männer-Hysterie, die Weltkriege auslöst!
Das Glück der Suttner: zu sterben vor Kriegsbeginn 1914.
Paradox wie beschämend: Daß diese Frau keine – *Frau*
an ihrer Seite gehabt hat! Jedenfalls keine bedeutende,
die ihr hätte *helfen* können,
weil man sie gekannt hätte wie die Suttner selber.
Beschämend. Wir Frauen geben es nur ungern zu.
Es liegt an uns selber, daß wir geschichtlich
nicht mehr zum Zuge kommen, nie mehr, seit wir
im 18. Jahrhundert Herrscherinnen gestellt haben.
Die große Katharina hätte sich *geniert*,
ebenso wie Maria Theresia,
von Männern regiert zu werden, was seither Frauen
so selbstverständlich finden, wie nur Subalterne es tun.
Denn selbstverständlich finden, sogar noch ausgeben
als sogenannten «gesunden Menschenverstand»,
wonach wir von Kindesbeinen an gelebt haben,
schon *bevor* wir überhaupt ein Urteil hatten – heißt
ja, nach *Vor*urteilen leben. Und wer *das* tut, ist subaltern.
Wie wir fast alle – fast immer!
Welcher Österreicherin zum Beispiel wäre es auch nur
als absurd aufgefallen, daß der Kaiser in Wien,
als der *zweite* Kronprinz umkam, nicht endlich
seine Enkeltochter als Thronfolgerin einsetzte?
Immerhin war die schon dreiunddreißig bei seinem Tode.
Sondern – nur weil der ein Männchen ist – setzt der subalterne
Franz Joseph an seiner legitimen Enkelin vorbei
einen komischen Kümmerling von Neffe als Kaiser ein.
Und *keine* Politikerin, ja nicht einmal diese schnöde
übergangene Kaiser-Enkelin selber, empört sich,
wie hier eine Legitime nur deshalb ausscheidet,
weil sie eine Frau ist...
Wie ungern, ja, wir Frauen zugeben,

daß Frauen fast ebenso männerfixiert sind
– wie die Männer berufsfixiert. Und ihnen *deshalb*
alles erlauben, ja ihnen ihr Lieblingsspielzeug,
die Waffen, lieber lassen, selbst wenn sie unsre Söhne
damit umbringen –, als einer Suttner zu helfen,
den Männern die Waffen aus der Hand zu schlagen!
Warum? Zu schlimm, unser Frauenstolz erträgt nicht,
daß man sich's eingestehen könnte:
Weil's uns grundsätzlich nicht imponiert, was Frauen,
sondern immer viel mehr das, was Männer wollen.
Wie ergrimmt war ich gegen Flake,
als er uns Frauen
tragisch nannte, weil wir *Kopisten*-Naturen seien.
Kein Mann dürfe sich einbilden, an seinen Ideen,
seinen Büchern hingen wir Frauen, schrieb Flake,
wenn er nicht *als Mann* uns imponiere!
Dann seien wir seine heftigsten Missionarinnen
und die wütendsten Gegner seiner Gegner.
Doch ebenso wild verteufelten wir diesen selben Mann,
wenn er uns als Mann enttäuscht habe!
Ich war wütend auf Flake, obgleich er schon 1912
eine jüdische Ärztin geheiratet und stets mit sogenannten
«voll emanzipierten» Frauen Umgang gehabt hatte,
also keineswegs verdächtigt werden darf,
das dumme Heimchen am Herd in uns zu schätzen.
Dennoch schrieb er,
wir seien unfähig zu Objektivität und Selbstironie,
weshalb wir regelmäßig verleumdeten,
auch wenn wir es zuvor heftig gepriesen hätten,
was ein Mann mache, sobald der uns beleidigt habe.
Und sogar,
wenn wir an seinen Büchern einst mitgeschrieben hätten,
erklärten wir sie *dann* für den letzten Quatsch,
wenn der einstige Gefährte uns eine Rivalin

oder wir einen Rivalen ihm vorzögen...
Kopisten-Naturen... aber ist das so falsch, wenn ich mir
vorstelle, wie viele von uns sich schon selbständig,
selbstdenkend vorkommen,
sobald sie Männerhüte, Männerhosen tragen! Leider.
Gib's zu, wir halten mehr zu Männern als zu Frauen.
Bin nie einer begegnet, der's anders ging als mir,
lieber männliche als weibliche Chefs zu ertragen,
sogar wenn mit finanziellen Einbußen verbunden.
Gott sei Dank schließt das Freundschaft zwischen Frauen
nicht aus, solange kein Mann dazwischenkommt...
Aber *muß* nicht gerade *ich* sagen, daß doch Duelle,
wie eins meinen armen Hartwich ermordet hat,
immerhin, zwischen uns Frauen nie stattfinden?
Und nicht nur deshalb nicht, weil wir
– *andere* Waffen haben?
Geht er hin, mein furchtbarer Mann, geht hin
nach Jahren, in denen er mich kaum noch im Bett,
beinahe nur als Hausfrau noch gewollt hat,
und schießt Hartwich übern Haufen,
den vierfachen Vater!
Und er wußte, daß *ich* wußte,
er hatte selber längst dieses kleine süße Miststück!
Von einer wußte ich – was wußte ich sonst? Nichts.
Schon weil ich aus Stolz keinem nachspioniert hätte – nie.
Also nur seine Eitelkeit können die verjährten Briefe
meines Liebhabers noch verletzt haben... doch was
heißt: Nur? Eben aus den Briefen
hat er ja ablesen müssen, was *ihm* fehlte
an Feuer und Liebe und Phantasie... und Lebenskultur
und das, gib's zu,
ist schon eine *vernichtende* Kränkung!
Daß ich aufgehört habe, Ardenne zu hassen,
seit er aufgehört hat,

mir den Zugang zu meinen Kindern zu verweigern,
wäre Hartwich gegenüber gar nicht zu rechtfertigen
– verdankte ich nicht auch *das* Hartwich.
Denn wie oft stellte ich mir vor: Hätten wir
miteinander telefonieren können vor der Schießerei
– aber Telefone gab's ja noch nicht –,
er hätte ... *nein*, nicht daran denken!
Daran darf ich nicht denken, *daran* habe ich
zu oft gedacht... daß der Geliebte sicher *doch*,
ich darf ihn nicht idealisieren, auch er war nur ein Mensch:
Daß er mir, *den* Vorwurf sicher doch,
nicht erspart hätte – wie hätte er *können*! –, es sei meine
Schuld, ja, mein Vertrauensbruch –
denn Briefe aufheben *ist* Vertrauensbruch! –,
die ihn nun töteten... hab ja keine Ahnung,
wie sollte ich's wissen, ob Fontane sich
das nur ausgedacht hat – oder ob's wirklich so war,
daß Hartwich schlagartig *wußte*, er werde fallen,
als ihm Ardennes Forderung überbracht wurde.
Noch eine Nacht dann – bis er um sechs aufbrach.
Diese Nacht
mit der Nötigung, der Frau die Wahrheit zu sagen
und sich loszureißen von den vier Kindern,
die ja nicht begriffen haben können,
warum da Panik war bei den Eltern... wie sollte
keine Panik gewesen sein. Erstaunlich, daß Fontane
dieses doch zweifellos dramatischste Moment
als Dichter einfach übergeht!
Diese letzte Nacht Hartwichs. Wie wird er da
gehadert haben mit *mir*! –
wenn ‹gehadert› überhaupt das Wort ist...
Verflucht haben muß er mich – Herrgott!
Denn wieso sonst kein Abschiedsbrief...
Dostojewski hätte genau *dies* fürchterlich ausgebeutet

als Erzähler: Hartwichs letzte Nacht...
Ist deshalb Fontanes Roman so gut als Roman,
weil er das Tragische, wo's gräßlich wird, ausspart?
Auch das Intime ausspart:
schreibt als Dreißigjähriger in London
das Tagebuch für seinen – Vater!
Jüngling Flaubert hätte sein Journal
kaum seinen Eltern zeigen können.
Ist Fontane gerade deshalb nur gefällig,
wie Gottfried Benn ihm vorwirft?
Auch daß er jede erotische Szene vermeidet
– persönlich hat mich das unendlich erleichtert,
aber mein Persönliches ist ein mediokrer Gesichtspunkt,
jedenfalls kein literarischer,
für Fontane nicht mitsprechend.
Nur dreißig Jahre später
– was hätte da der Lady Chatterley-Lawrence
aus unseren Bett-Mittagen gemacht...
Mein Liebhaber, der als Liebhaber so war, daß mir nie
auch nur der Gedanke kam,
einem der Nachsteller nachzugeben, an denen es
noch Jahrzehnte später nie gefehlt hat, abgesehen davon,
daß ich Hartwichs Tod verschuldet hatte.
Wie mir's über die Lippen rutscht: abgesehen davon
– ich konnte das ja nie! Und ist auch in Ordnung so
und das mindeste, *das* nie gekonnt zu haben
... davon absehen!
Was könnte einen Menschen tiefer verwurzeln in uns,
als seinen Tod verschuldet zu haben.
Kein Trost, daß er ein so schönes Leben gehabt hat...
meine Torheit schnitt es ihm ab

Als sie sich dem im Bett wieder zuwendet:

Wie erleichtert ich bin, daß der nun anscheinend doch endlich meinen Beistand zu brauchen scheint!

Sie wendet sich für mehrere Minuten dem Sterbenden zu. Der Verwundete ist verstuhlt, sie muß ihn putzen. Sie zieht auf der linken Seite das Bettgitter hoch und entfernt unter seinem Kopf zwei Kissen, die sie neben ihm auf die linke Seite des Bettes nebeneinander plazieren wird, damit er nicht gegen das Gitter stößt. Anschließend greift sie mit beiden Händen um seinen Oberkörper und zieht diesen gegen die rechte Seite, was einer enormen Anstrengung bedarf, weil komatöse Patienten, wegen des praktisch völlig ausbleibenden Körpertonus beinahe doppelt so schwer zu sein scheinen – das haben sie mit Verstorbenen gemeinsam. An der Unterlage, ein gefaltetes Bettuch unter dem Hintern des Verletzten, versucht sie auch, seinen Unterkörper auf die rechte Seite zu ziehen; dann dreht sie ihn (unter größter Anstrengung) nach links. So geschehen, zieht sie seinen linken Arm nach vorne, etwa im 90°-Winkel auf Kopfhöhe, die schlaffe Rechte liegt (fällt) seitlich den Bauch herab. Sie entfernt das Dreiecktuch, Vorgänger der Windel, putzt ihn sorgfältig, erst mit feuchten, dann mit trockenen Lappen, reibt seinen Hintern, dann aber auch sein Kreuz und den unteren Rückenteil, soweit sie das Hemd hochschieben kann, erst mit Wacholdergeist, dann mit einer Nivea-Fettcreme ein, wendet sich kurz ab, faltet ein frisches Dreiecktuch, schiebt es unter und bringt den Patienten in die bisherige Lage zurück: Der Oberkörper aufrecht (beinahe sitzend); mit einem langen Kissen (sog. Keil) wird die gelähmte Seite von der Hüfte bis zum Schultergelenk leicht unterstützt, weil die kranke Seite sofort nach hinten fällt (rutscht). Der Oberarm wird in einem Winkel von ca. 45° abgelagert, der Unterarm liegt auf einem Kissen (zusätz-

lichen), leicht erhöht. Das gelähmte Bein wird auf einem flachen Kissen so gelagert, daß das Kniegelenk leicht unterstützt wird und die Ferse frei liegt. Der gelähmte Fuß wird durch ein Lagerungskissen (meistens ein Spreukissen) so gestützt, daß keine Spitzfußkontraktur entstehen kann.
Normalerweise wird meist die gelähmte (in diesem Fall die rechte) Seite belastet; bei längeren Vorgängen, ca. fünfzehn Minuten, wie oben geschildert, vermeidet man das jedoch wegen der zu langen Belastungszeit der kranken Seite.

Als sie ihn vor vierzehn Tagen ins Elternhaus
entlassen haben, da *wußte* er, denke ich, wie wenig Zeit

Sirenen in der Ferne. Fliegeralarm in Gemeinden am gegenüberliegenden Seeufer; sie achtet – noch – kaum darauf.

ihm noch bleibe... und war wie stoisch ergeben!
Und hatte ja noch kaum Zeit gehabt, wenn man
seinen neunzehn Jahren das Kindsein abzieht
und die *Dienst*jahre, die ewigen deutschen Pflichtübungen:
Hitlerjugend und Gymnasium und Arbeitsdienst,
der so hart ist, daß die Lust,
diesem Staat zu dienen, den meisten
schon mit siebzehn weggedrillt wird,
bevor sie zum Militär müssen! An die Front:
Wie wenig Zeit ohne Uniform und weniger noch mit
einem Mädchen oder reisend... gar ins Ausland!
Unmöglich, für einen Deutschen, das Ausland zu sehen,
es sei denn als verhaßter Besatzungssoldat.
Wie betrogen, diese ganze Generation um ihr Leben...
Wie betrogen! Hat doch auch dieser Junge noch gemerkt
als sie ihn heimschickten aus dem Lazarett
– große Vergünstigung dank familiärer Beziehungen –,
daß dies nur geschah, damit er im Eltern-

und Geschwisterhaus stirbt ... das nun heute verwaist ist,
ausgerechnet *heute* abend, an dem er
so überraschend ... *weniger* wird, zusehends.
Ausgerechnet jetzt sind Eltern und Schwester weg
zu deren Mann, den ein Rotkreuz-Schiff ins Lazarett
nach Stettin gebracht hat, nachdem er vor Leningrad
offenbar derart verstümmelt worden ist, daß die Eltern
nicht gewagt haben, die Tochter allein
dem Anblick des Schwiegersohnes auszusetzen.
Ach, Junge, nicht bevor deine Eltern zurück sind!
Morgen rufe ich sie an, in aller Frühe, damit sie rascher ... –
nein: die Zeit reicht nicht mehr für die Rückfahrt ... und
warum auch sie von einem Sohn wegziehen zum anderen?
Steht das Herz der Mutter gar nicht mehr durch.

Sie hat das Radio angestellt, nun ganz offiziell den Luftlage-Sender, der die Bevölkerung während eines Fliegeralarms in kurzen Abständen über die Flugrouten der – bei Nacht britischen, bei Tage amerikanischen – Bomberverbände informiert. Eine Frauenstimme sagt jetzt an:

Achtung, Achtung, Hörerinnen und Hörer im Sendebereich des Reichssenders Gaugebiet Stuttgart: Ein starker britischer Bomberverband hat das Reichsgebiet erreicht und befindet sich über Straßburg mit südöstlichem Kurs.

Sie läßt das Radio an, da sie weiß, daß jetzt in immer kürzeren Abständen die Position der Angreifer gemeldet wird. Sie sagt sarkastisch:

Also *wir* wieder einmal, denn in Stuttgart
ist ja praktisch nichts mehr unzerstört ...
nach jetzt mindestens 40 Luftangriffen. Unmöglich!
Wir Deutschen können schon fast die Uhr stellen

nach den allabendlichen Angriffen – total unfähig,
die Briten abzuwehren... bei Nacht immer Engländer,
bei Tage Amerikaner.
Ja, wer Wind sät... Wir werden ihre Städte coventrieren –
ist das drei Jahre her oder zwei, seit der Führer so drohte,
– weil die Engländer drei- oder viermal Bomben
auf Berlin geworfen hatten,
oh, wie harmlos noch, sieben Tote, gemessen an heute!
Ich ginge auch dann nicht in den Keller, könnte ich
den Jungen mitnehmen – doch *seinetwegen*
müßte ich's dann wohl tun. War aber immer erleichtert,
bei meinen aberhundert Nachtwachen
seit Kriegsbeginn, wenn meine Pfleglinge
schon so weit waren, daß sie nicht mehr
in den Keller gebracht werden konnten.
Der Gedanke, verschüttet zu werden...
Anderseits ist es doch vernünftig: Wie viele wurden
durch herumfliegende Fensterscheiben verstümmelt!
Nun, unser harmloses Lindau hier werden sie auch diesmal
dank Unerheblichkeit, Unauffindlichkeit verschonen.

Sie muß lachen; jetzt die Sirenen von Lindau, so nahe wie laut. Sie schweigt, so lange die Sirenen heulen.

...schon doll,
wie man tierisch egoistisch wird in der Gefahr
und ganz selbstverständlich
nach dem Stoßseufzer lebt: ‹Heiliger Sankt Florian,
verschon *mein* Haus, steck andere an›...
Die Sirene war so wütend laut, und der Junge hat,
da bin ich fast sicher, nichts,
auch von ihr *nichts* wahrgenommen.
Aber das *weiß* ich noch immer nicht,
vermute es nur; vermute es vielleicht deshalb,

weil ich *hoffe*, daß von sich nichts mehr weiß,
wer schon so weit weg ist wie hier der Junge!
Wie weit denn?
Auch *das* weiß ich nicht...
Was ist das Leben, was war's, wenn der letzte Wunsch,
für sich selber und für andere, *der* ist:
von seinem Ende nichts mehr zu wissen...
Will man absolut nicht an den Ausgang einer Sache
denken, kann das, logisch, eine gute kaum sein
...nicht nur im Einzelfall nicht, sondern grundsätzlich,
da der Mensch ja auch nicht nur im Einzelfall,
sondern grundsätzlich, vom Ausgang des Lebens
nichts wissen will, ja Angst hätte,
ihn zu kennen, den Ausgang!

Kurzes, verzweifeltes Auflachen

So viele Allerweltsweisheiten ich in meinem
schier endlos langen Leserleben aufgeschnappt
und längst vergessen habe:
Diese zwei sind mir unvergeßlich: ein Komödiendichter
– ausgerechnet – schrieb; Name vergessen,
aber ein *Komödien*-Dichter, *das* weiß ich:
«Nun ist ja der Mensch an sich
schon ein hinreichender Grund zur Traurigkeit.»
Menander hieß er, ja, ein Römer.
Und dieser Professor – Name auch vergessen, natürlich,
aber einer unserer Tage, das weiß ich, und ein Wiener,
ich las ein Interview mit ihm, dreißig Jahre her,
aber es traf mich zentral –, daß er auf die Frage,
fühlen Sie sich denn nicht wohl hier in Zürich,
geantwortet hat:
«Ach wissen Sie – ich bin halt überall a bissl ungern!»
Ja – das *schneidet* ein, so wahr ist es!

Und gegen *dieses* Grundgefühl anzuleben
ohne Angeberei – ist beinah schon alles.
Und ja auch nötig aus Rücksicht auf die anderen…
apropos Rücksicht: Wie oft und auch bei ihm hier,
diesem Jungen, wie oft hab ich erlebt,
daß Menschen, die sich nichts mehr vormachen konnten,
sondern *wußten*, sie müßten weg,
daß die aus Rücksicht auf die Umstehenden
zu wahren Helden wurden. Daß sie nicht weinen,
will leider nichts besagen,
hat vor allem nichts – wie Theologen gern behaupten –
mit angeblichem Gefaßtsein zu tun. Nein,
erreicht die Depression die endgültige, die Todestiefe,
so versiegen dem Menschen physiologisch die Tränen,
er hat keine mehr… leider,
diese Erleichterung, da hat die Natur nicht vorgesorgt,
hat sie dem Menschen in der letzten Krise
weggenommen: Grausam!
Das hat sie ausgesprochen schlecht gemacht, die Natur,
so viel sie auch sehr gut macht:
Tränen werden dem Sterbenden zu früh genommen…
Nur soll man aus diesem körperlichen Mangel
nicht auf seelisches Gefaßtsein schließen
…Aber Rücksicht,
da habe ich *Großes* erlebt, wie Sterbende zum Beispiel
ihren Angehörigen ersparen zu lügen…
wie sie zwar umsichtig Anordnungen treffen,
um Zurückbleibenden Sicherheit zu geben,
wie sie aber trotzdem ihren Tod
überhaupt nicht zum Thema machen,
sondern wie Sokrates als das
Nicht-mehr-zu-Diskutierende voraussetzen – so,
wenn der sagte, es sei nun Zeit, ins Bad zu gehen,
damit er nicht anderen überlasse, ihn hernach

zu waschen... Natürlich darf man an dieser Leistung,
Rücksicht zu nehmen auf Zurückbleibende –,
nicht jene Sterbenden messen,
die leider auch nicht selten sind,
denen mörderische Schmerzen die Fassung nehmen
– bis fast zuletzt oder gar zuletzt besonders.
Sprich nicht mehr vom Tod – denk an deinen Vorsatz,
ihn mindestens dann nie zur Kenntnis zu nehmen,
wenn er wie heute hier doch ins Haus kommt...
Früher dachte ich sogar, ein Aberglaube mehr,
wer zu sehr an ihn denke – denke ihn herbei und verliere
für die, bei denen er wachen soll, die Aura des Helfers.
So alt man auch ist, grade dann,
soll man sich's verbieten, aus dem eigenen Standort
zur Sonne am Firmament den Fehlschluß abzuleiten,
die Morgenröte sei deshalb nicht mehr
so schön wie immer,
weil man selbst sie nicht mehr erlebt...
Nichts lächerlicher, als aus verlorener Jugend
hämisch zu reden übers Jungsein!
Auf Zeit einer problematischen Gegenwart entfliehen
– auf Zeit *muß* jeder das tun.
Dann sinkt sie einem rasch weg, die Gegenwart, vor der
sich verharmlosend verschönernden Vergangenheit,
die dem, der sie sich wirklich heraufholt in Gedanken,
lebendiger wird, je länger sie schon begraben ist.
Das ist nicht einmal eine Ausflucht;
sich mit der Vergangenheit zu unterhalten ist Treue
zu den früheren Gestalten und Ereignissen...
viel zu selten denke auch ich an sie,
danke auch ich denen,
die mir diese wunderbare Jugend...

Mitten hinein sagt die Radiosprecherin:
Achtung, Hörerinnen und Hörer im Sendegebiet des Gaues Stuttgart: Der ins Reichsgebiet eingeflogene starke britische Bomberverband nimmt Kurs auf den Bodensee und nähert sich Friedrichshafen.
Elisabeth von Ardenne öffnet, nachdem sie das Licht ausgemacht hat und die zwei breiten Rouleaus hat hochschnellen lassen, beide Flügel der Balkontüre, die auf das Seeufer hinausgehen.

Oh, Gott – schon wieder! Jetzt aber nähern sie sich
erst einmal *uns*!
Wieso hat die im Radio Lindau überhaupt nicht erwähnt?

Nun hört man die Briten, die tief fliegen. Es mögen siebzig Viermotorige sein, schwere Bomber – sie fliegen jenen Angriff, der zwar weniger, wie das immer ist bei Nachtangriffen, die Rüstungs-*Zentrale Friedrichshafen auslöscht als vielmehr ihre historisch höchst reizvolle Altstadt ... In Friedrichshafen wurden «nur» 620 Zivilisten getötet; die in den Rüstungswerken durch Bomben umgekommenen Kriegsgefangenen und Zwangsarbeiter wurden gar nicht gezählt.*

Das Heranbrummen der siebzig Todesvögel, die bereits tiefer gehen, um Friedrichshafen anzuzielen, wird zum Dröhnen. Frau von Ardenne steht an die rechte Balkontüre gelehnt, ihr Blick wechselt zwischen Aufblick in die Nacht – und Hinwendung zum Bett. Sie sagt:

Wenn's wirklich Friedrichshafen gilt – schlägt doch auch
hier der Luftdruck der Bomben die Scheiben
aus den Rahmen ... Wo ist eine Decke,
ich muß gegen Glassplitter seinen Kopf –

Sie sieht sich um, sie ist sehr rasch und erstaunlich beweglich. Tatsächlich liegt eine Couchdecke auf einem Sessel, sie trägt sie zum Fußende des Bettes.

Ich setze mich auf den Fußboden, nah an die Wand,
da werden keine Fenstersplitter hinsausen...

Sie spricht jetzt viel langsamer, genauer überlegend, auch seltener. Noch steht sie in der Balkontüre, noch ist der Fliegerlärm bedrohlich, als kreise die Mord-Armada über diesem Haus, es dauert Minuten, ehe der Lärm ein wenig – nur sehr wenig – wegebbt.

Und hab ja auch meinen Trenchcoat.

Den holt sie in Griffnähe. Sie steht am Bett, liebevoll blickt sie auf den Unbeweglichen.

Immerhin – bist du nicht mehr dort im Krankenhaus;
denn wo geht nicht ein Krankenhaus mit drauf,
wenn sie nachts eine Stadt bomben?
Das ist der Fortschritt: Daß im Zweiten Weltkrieg
– was doch noch im Ersten undenkbar war –
Stadtzentren das vorsätzliche *Ziel* sind.
Piloten sind jetzt Menschen, die selber alle Hilfe
des Roten Kreuzes beanspruchen, sind sie verwundet,
aber noch Minuten, bevor sie abgeschossen werden,
ohne alle Bedenken auch Krankenhäuser bomben!
Soldaten als vorsätzliche Mörder!
Denn kein Soldat, gleich welcher Nation, hätte
im Ersten Weltkrieg das mit seiner *Ehre* vereinbart
– vom Soldaten zum Berufsverbrecher!
Gab's in meiner Zeit 1914/18 *einen* Artilleristen,
der so vorsätzlich

in nicht evakuierte Wohnviertel geschossen hätte,
wie die jetzt jede Nacht wegbomben!
Das würde doch selbst Goebbels nicht riskieren,
der Cheflügner, als Verleumdung der Briten,
das schiene selbst ihm zu plump, und ich würde das
ja auch keinem glauben, hätte ich es nicht
selber heimlich in BBC gehört,
daß nämlich die Engländer ihrer schwersten Bombe
den deutschen Namen «Wohnblockknacker»
gegeben haben.
«Wohnblockknacker», weil sie das komisch finden!
Und was machen wir? Manfred sagt,
nächstes Jahr haben wir Raketen, ins Häusermeer
von London zu schießen:
«Natürlich» auch gänzlich ungezielt...
Raketen gegen Zivilisten, nur deshalb, weil
für Einsätze an der Front gar nicht geeignet,
nur gegen Großstädter... pervers!

Drei Minuten pausenlos ohrenzerreißender Bombenabwurf über Friedrichshafen. Mit dem Aufpfeifen der ersten Welle hat Else dem Jungen die Kamelhaardecke, dreimal zusammengelegt, über das Gesicht geworfen und sich selber ihren Mantel geschnappt und sich an eine Wand gekauert – doch bevor sie sich noch hinsetzen kann, wirft ein Luftdruck sie einige Meter durchs Zimmer, schleudert sie aber gegen den Sessel, sie kann sich an ihm halten, fällt also ziemlich sanft hin. Aus der Balkontüre sind die Fensterscheiben herausgerissen und zersplittert ins Zimmer gedrückt worden. Ebenso wurde die große Deckenlampe in der Mitte heruntergerissen. Nun absolute Stille.
Sie richtet sich mühelos auf und nimmt rasch dem Verwundeten die Decke vom Gesicht; nachdem sie den Jungen prüfend und, seinem Gesicht mit ihrem sehr nahe,

betrachtet hat, tasten ihre Hände die Steppdecke ab; sie murmelt:

Offenbar keine Fenstersplitter –
aber ich mache doch Licht!

Sie schließt die jetzt glaslosen zwei Türflügel, verdunkelt, weil die zwei Rouleaus noch funktionieren, und macht eine Stehlampe an, die so in der Ecke steht, daß sie nicht kaputtging vom Luftdruck, obgleich sie umfiel. Noch einmal prüft sie, ob Glas aufs Bett flog. Dann sagt sie:

Ich kann ihn allein lassen
– denn nun *muß* ich verschwinden!

Pause

Vorhang

Nichts hat sich geändert an der Lage des Sterbenden, am Zimmer. Elisabeth von Ardenne hat die ihr zu schwere Lampe, die von der Decke gerissen wurde, nicht angerührt. Das Licht ist aus, als der Vorhang aufgeht, denn einer der zwei – nun glaslosen – Flügel der Balkontüre steht offen. Elisabeth ist auf den Balkon hinausgetreten – noch sieht man sie dort nicht –, um in Richtung des höllisch brennenden Friedrichshafen zu sehen, das ja nur 26 Kilometer von Lindau entfernt ist. Der Himmel ist nicht glutrot, sondern matt lachsrot, wie aus dieser Entfernung ein Nachtbrand aussieht, der ganze Stadtteile einäschert.
Sie tritt in den lichtlosen Raum, schließt den Türflügel und verdunkelt abermals mit Sorgfalt, sagt dabei:

Noch ein Glück, daß nicht die Rouleaus
heruntergerissen wurden, sonst müßte ich den Rest
der Nacht im Dunkeln absitzen...
Kerzen haben die offenbar keine.
Sind immerhin 26 Kilometer bis Friedrichshafen.
Wenn noch hier der Himmel so rot ist – muß dort jetzt
ein Höllenfeuer sein... und was wir hier *hörten*, waren ja
Spreng-Bomben, «Wohnblockknacker»
– aber das Feuer haben doch die hier gar nicht
hörbaren leichten Phosphor-Bomben entfesselt...

«Wohnblockknacker» hat sie sarkastisch, wie Engländer deutsch sprechen, gesagt. Sie steht nun über den Jungen gebeugt; inzwischen hat sie die Stehlampe angemacht. Sie geht in den Hintergrund zum Telefon, nachdem sie sich – was sie kommentiert – die Zigarette angezündet hat, die einzige, die sie in dieser Nacht raucht; mit Selbstironie sagt sie, während sie aus ihrem Täschchen Zigarettenetui und Feuerzeug genommen hat:

Innerlich hilft's mir gegen das Zittern, zu rauchen
– aber äußerlich zeigt's mir um so drastischer,
wie *sehr* meine Hand schon zittert…

Sie will dem Patienten sowohl frischen Tee wie auch einige Morphiumtropfen eingeben. Vorher aber beginnt sie mit der Mundpflege, zu der sie erneut ein hölzernes Wattestäbchen nimmt, das eine Ende mit einem Tupfer umwickelt und anschließend in eine Zitronenhälfte drückt; behutsam wird sie damit die Zähne des Patienten putzen, den Tupfer auswechseln, den Rachen mit einem frischen Tupfer reinigen etc. (der Vorgang kann bis zu zehn Minuten dauern). Sie wird anschließend einen Lappen, den sie vorher in kaltem, frischem Wasser getränkt hat, nehmen und seine freien Gesichtshälften waschen. Später wird sie seine beiden Arme mit Wacholdergeist einreiben (eigentlich: einmassieren) und dasselbe mit den Beinen tun, bevor sie alle seine Extremitäten mehrere Male durchbeugt, um der mehr und mehr einsetzenden Spastizität entgegenzuwirken. Sie wird ihm nochmals Fieber messen, indem sie ihm das Thermometer unter die linke Achsel schiebt und seinen Oberarm für einige Minuten sanft an die Achsel preßt, längst nicht die genügende Zeit, weil sie weiß, daß es ohnehin zwecklos ist.
Jetzt, nachdem sie das Fernamt gewählt hat, in den Hörer, denn auswärtige Gespräche kann man in Deutschland erst seit 1950 direkt wählen:

Guten Abend – nein, guten Morgen, Frollein: Hier ist
Lindau 1853 – können Sie denn nach Friedrichshafen
noch vermitteln? Muß ja sehr wüst
hergenommen worden sein, ja.
Also Friedrichshafen, so noch möglich: 1886. Ja. Danke.

Die angebliche Telefonnummer ist Elisabeths Geburtsjahr, die in Friedrichshafen das Dueljahr.

Sie legt auf und wartet, dem Jungen zugewandt.

Pikiert, daß ich guten Morgen, statt: ‹Heil Hitler› sagte!

Als es klingelt:

Elsbeth hier... wollt' hören, daß ihr's überlebt habt!
Immerhin, Telefonnetz nicht zerrissen...
ein solches Riesenfeuer läßt hoffen,
daß die jetzt endlich ablassen von euch!

Pausen, um den Gesprächspartner reden zu lassen.

Kann ja außer euren Villen in den Außenbezirken
nichts mehr stehen. Noch keine Entwarnung, nein
...doch denke ich, diese Nacht
bleibt jetzt ruhig... Nein! – Nein, nicht zu Hause,
bin in meiner Nachbarschaft bei einem Verwundeten,
dessen Schwester heute abend einen Schlafwagen
nach Stettin nahm, um ihren Bräutigam,
der dort eingeliefert wurde, zu sehen.
Sein ganzer Kiefer weggeschossen – Richtig:
Jede Nacht kann ich das nicht mehr übernehmen,
Ja, weil seine Mutter Ärztin ist,
hat die Wehrmacht erlaubt, ihn
ins Elternhaus zu entlassen.
Morgen sind seine Eltern wieder hier.
Bin erleichtert, daß ihr soviel Glück hattet.
Schlaft nun, werdet's leicht können, solche Panik
– ich merk's leider auch, muß jetzt rauchen deshalb –
macht sehr müde, wenn sie nicht besonders aufkratzt.

Wie? – Natürlich sind auch hier die Fensterscheiben
uns um die Ohren geflogen...
also: Trotz allem gute Nacht!

Sie hat aufgelegt.

Seine Eltern rufen nicht an – das beweist, sie haben kein
Radio, sondern sind im Nachtzug hierher.
Ein Glück, daß die Nacht warm ist – insofern wenigstens
vermisse ich die Fensterscheiben nicht.
Alles so paradox – auch eben, als ich sagte,
die Schwester des Jungen sei im Schlafwagen nach Stettin.
So etwas funktioniert wie vor dem Kriege,
während gleichzeitig der Krieg schon überall
ganze Bahnhöfe wegbombt!
Ich muß mich morgen aufs Rad setzen, nein, morgen
muß ich schlafen, übermorgen also,
hamstern fahren für meine Berliner. Wie dumm,
da hat man aus Erfahrung einfach nicht gelernt.
Diese Hungerwinter im Ersten Weltkrieg, 1917 besonders,
die Familie, wenn sie schon unser Gut längst verloren hatte,
hätte sich an einem Bauernhof beteiligen müssen.
Übrigens war 1817 auch ein so denkwürdig
schrecklicher Hungerwinter,
offenbar kein Humbug, der hundertjährige Kalender...
Was müssen die Enkel, die Urenkel in Berlin
Kohldampf schieben,
ich muß jetzt regelmäßig zweimal,
dreimal jede Woche aufs Rad und in die Dörfer.
Mal fragen, was an Regionalzügen noch verkehrt.
Ich hab so viel Unnützes herumstehen, mit dem ich
tauschen kann. Porzellan, was ich nie mehr brauche,
für Geld gibt ja keiner mehr auch nur
ein Pfund Kartoffeln,

Bestecke … Teppiche leider nur zu große,
wie die auf dem Land sie gar nicht legen können.

Tischwäsche, Bettwäsche habe ich auch viel zuviel
– weg damit für Wurst und Speck und Mehl!
Stände ich nur einem Kaufmann so nahe, daß ich ihm
für *Zucker* Silber anbieten dürfte:
Zucker ist das Kostbarste!
So viel Marmelade könnte ich den Kindern kochen.
Ich riskier's, dem armen Müller ein Tauschgeschäft
anzubieten, der wird *keiner* mehr sein, der einen
dafür noch anzeigt, nachdem ihm Sohn
und Schwiegersohn totgeschossen wurden.
Und *wenn* – stritte ich's einfach ab, sag's ihm ja,
wenn kein anderer in seinem Laden ist …

Zu dem Jungen; aber – was sie natürlich weiß – tatsächlich nur noch zu sich selbst:

Ach, du … armer Junge! Und ich habe ahnungslos
noch die beiden Bücher mitgebracht, die ich nie vergesse,
wenn ich Nachtwache mache: ‹Tante Frieda›
und die Gedichte von Kästner … obwohl
er als Hitlerjunge von Erich Kästner natürlich
nie ein Wort gehört haben kann, da verboten,
unser witzigster Dichter seit Busch!
Könnte ich dich doch aufheitern:
«Sachliche Romanze» … kann's vielleicht wirklich?
Was weiß ich denn, was er noch mitkriegt?

Sie hat ihrer Handtasche einen schmalen gehefteten Gedichtband, so breit wie hoch, entnommen und liest, am Fußende des Bettes stehend, vor:

Sachliche Romanze

Als sie einander acht Jahre kannten
(und man darf sagen, sie kannten sich gut),
kam ihre Liebe plötzlich abhanden,
wie andern Leuten ein Stock oder Hut.
Sie waren traurig, betrugen sich heiter,
versuchten Küsse, als ob nichts sei,
und sahen sich an und wußten nicht weiter...

Sie hat mitten im Satz abgebrochen, ist bedrückt, als sie jetzt sagt:

Angestrengt hat ihn das kaum
– aber daß er jetzt so plötzlich noch tiefer wegsackt!
Wäre ihm zu wünschen, lachend einzuschlafen.
Aber *ist* das nur – Schlaf? Ich wünschte, es wäre Tag
und seine Eltern angekommen... Diese Ruhe um ihn,
macht mich so unruhig... aber ist kein Anlaß, den Arzt
dazuzuholen – und *den* schon gar nicht, den Trottel,
den sie ja nur reaktiviert haben, weil unsre Ärzte
im Berufsalter alle eingezogen sind.

Sie beugt sich über den Zwanzigjährigen, er scheint nichts davon wahrzunehmen... Sie sagt, nachdem sie das Licht ausgemacht und eines der Rouleaus wieder hat hochschnellen lassen und einen Flügel der Balkontüre geöffnet hat und hinausgetreten ist und wieder hereinkommt: am Himmel Feuerschein, den man sieht überm Balkon:

Brennend bis zum Himmel Friedrichshafen.
noch wird's nicht grau... im Morgen-«Grauen»:
Was für ein Wort! Das seit Jahrzehnten mir verhaßteste
seit ich – wie oft – Zeuge wurde, daß nachts um drei

die Stunde der Krise ist. Ich kannte einen, der hatte da
jede Nacht einen Anfall seiner Angina –
obgleich er sich am Tage völlig gesund fühlte.

Der Autor verdankt – wie so vieles – diese Belehrung über die körperliche Krisis um drei Uhr morgens jenem Max Rychner, den Thomas Mann «den bestschreibenden aller Eidgenossen» genannt hat.

Mir rätselhaft, bis ich endlich kurz vor dem Kriege,
als wir die N. Z. Z. noch lesen durften,
diese medizinische Abhandlung fand,
die mich aufklärte, daß da ein Gesetz zu walten scheint.
Morgens um drei, die Stunde, da der Hahn kräht
und Petrus verriet – ist auch die Stunde,
da im Innern des Körpers
eine Wendung sich vollzieht: Das Blut wird
nach unfaßlichen Dispositionen anders verteilt,
es strömt ein Teil aus den Gliedern zurück in den Rumpf,
ins große Heerlager.
Oft ist es geradezu bedrängend, selbst für den Schläfer;
wir Wächter wissen, es ist die Vorzugsstunde
des Kollapses, und ich *will* dem heute
nicht zuschauen, hilflos. Hilflos!

Pause, Schweigen, an die offene Balkontüre gelehnt:

Was du schon *willst* – als ginge es nach dir!
Ach, was Menschen schon *wollen* ... nein, sag das nicht:
Nur im Kriege haben sie, wie dieser arme Hund hier,
nichts zu wollen, sonst schon!
Deshalb darf man nicht einmal in dem,
was man allein so vor sich hinmurmelt,
durch entmutigende Reden – die Entmutigung herbeireden.

Wie sehr mich doch beeindruckte, als ich in einem Brief
Fontanes las, daß der mit immerhin schon sechzig
– «schon» sechzig, darf ich das noch sagen, mit neunzig? –

Sie lacht.

Daß der Sechzigjährige seinem Verleger schrieb:
«Ich fange erst an. Nichts liegt hinter mir, alles vor mir!»
Erstaunlich, Fontane hat ja nie geprahlt – und behielt recht
auch hier. Denn erst fünfzehn Jahre später
glückte ihm das unsterbliche seiner Bücher: ‹Effi Briest›,
mit fünfundsiebzig.
Und fast mit achtzig sein bedeutendstes: ‹Der Stechlin›,
als er dessen Korrekturen las, sein Herzschlag.

«Unfaßlich!» kommentierte Thomas Mann: «Hat den ‹Stechlin› als alter müder Mann in einem *Winter geschrieben.» Am Vortag, am 29.11.1951, hatte Mann wieder einmal Fontanes Briefe über ‹Effi› gelesen und – neun Wochen vor Elisabeths Tod, ahnungslos, daß sie noch immer lebe – in seinem Tagebuch notiert: «Die ‹Heldin› lebte noch»… Thomas Mann dachte: Lebte noch, als Fontane ihre Geschichte schrieb…*

Ob Fontanes Vorsatz mit sechzig, sein Wesentliches
erst noch zu leisten,
geholfen hat, tatsächlich *dazu* alt genug zu werden?
Und produktiv zu bleiben? Ja, das glaube ich!
Was vorhaben muß man!
Und man soll sich auch nicht dadurch entmutigen,
daß man einschränkt, man sei eben ja nicht
eine solche Ausnahmegestalt wie Fontane.
Sicher nicht. Doch für sich selbst – ganz legitim –
ist man eben doch die Ausnahme.

Denn gemessen am Ganzen könnte keiner bestehen.
Viertel nach drei... sehe nicht, daß er zu kämpfen hat.
Kalt wird's vom See, ich muß den Mantel überziehen...
Warum ich ihn heute überhaupt mitgenommen habe,
da ich doch so ungern im Mantel radfahre,
als hätte ich geahnt,
wachen zu müssen in einem Zimmer,
das keine Fensterscheiben mehr haben wird.

Sie zieht ihren Trenchcoat an. Die Sirenen, die «Entwarnung», wie das amtlich hieß, geben jetzt die Erlaubnis, die «Bombenkeller» zu verlassen.

Daß die amtlich Entwarnung sagen – ist ja noch logisch.
Aber auch von «Bombenkeller» zu sprechen... da man
doch den Keller aufsucht, den Bomben zu entgehen –
heißt nur im Volksmund so; amtlich: ‹Luftschutz›-Keller.

Sie faßt in die beiden Manteltaschen und nimmt drei Äpfel heraus, ein Messer holt sie aus ihrer Handtasche; sie zerschneidet die Äpfel, ohne sie zu schälen, einen Teller hat sie in einem Geschirrschrank gefunden. Währenddessen sagt die Nachrichtensprecherin im Radio, das immer an war, aber stumm, da dieser Sender nur die Luftlage-Meldungen bringt:

Achtung, Achtung. Die Luftlage-Meldung aus der Gauhauptstadt Stuttgart. Der britische Kampfverband, der einen Terror-Angriff auf die Innenstadt von Friedrichshafen am Bodensee flog, hat nach schweren Verlusten das Reichsgebiet verlassen. Mindestens elf der viermotorigen Angreifer sind von den deutschen Nachtjägern abgeschossen worden. Die genauen Zahlen folgen morgen im Wehrmachtsbericht. Im gesamten Reichsgebiet wurde Entwarnung gegeben.

Gute Nacht, Hörerinnen und Hörer.

Das Deutschland-Lied. Sie stellt ab. Sie kommentiert das nicht, sondern hat sich mit einem kleingeschnittenen Apfel dem Bett genähert, man hört nicht, ob sie zu dem Soldaten spricht... Als sie, die sich tief über ihn gebeugt hat, wieder am Tisch steht, erschöpft, denn offenbar nimmt die – sie überraschende – Verschlechterung seines Befindens sie sehr mit, sagt sie, unlustig zu essen:

Immer noch dasselbe, so lange ich das schon mache,
daß man trotz Hungers nicht essen kann,
kann's auch der nicht – nicht mehr –, bei dem man wacht.
War doch Gutes am Christentum, was immer auch
Schlimmes an ihm gewesen ist:
daß es den Wert des Irdischen überhaupt relativiert
...denn nähme man's noch ernster, alles Irdische,
als man es nimmt – wie könnte man sich
auch nur einigermaßen abfinden damit,
daß man weg muß von der Erde in die – Erde!

Den Blick nach innen gerichtet, ein Murmeln nur, kaum hörbar; ein Seufzer:

Junge, stirb mir nicht diese Nacht – nicht bevor
dich morgen früh deine Eltern noch sehen!

Sie geht im Raum, auch einmal auf den Balkon. Unrast ist in ihr, seit sie sich sagen muß, daß vielleicht doch der Soldat – kaum mehr als halb so alt wie ihre Enkel – den Tag nicht mehr erleben wird. Sie reinigt (desinfiziert) den Tracheotomiebereich, indem sie mit einer Pinzette vorsichtig den Schutzverband löst, und mit einer Klemme, an der ein Tupfer befestigt ist, der zuvor in Alkohol getränkt wurde, die

Stelle um den Kanüleneintritt umsichtig reinigt; am Schluß wird sie einen neuen Schutzverband zurechtschneiden (eigentlich eine Gaze, Verbandmull) und diesen erneut mit Heftpflaster befestigen.

Natürlich wird sie sich, während des gesamten Monologs, insbesondere vor jeder Handlung, die in irgendeiner Weise den Patienten betrifft, die Hände und Unterarme sorgfältig waschen (mit Bürste!), gut abtrocknen und mit Alkohol desinfizieren. Seltener, aber auch immer wieder: Sie reibt sich die Hände mit einer neutralen Fettcreme ein.

Kaum mehr als halb so alt wie meine Enkel!
Vier Jahre jünger noch
als 1870 Ardenne war bei seiner Verwundung
vor *dreiundsiebzig* Jahren! Unvorstellbar.
Ich dummes Küken damals war stolz,
mich mit einem *Verwundeten* zu verloben!
Und wie hat der sich – «es braust ein Ruf wie Donnerhall!» –
verklärt, dieser Krieg von siebzig/einundsiebzig,
obgleich er, schnell vergessen, der bis dahin
blutigste der Geschichte war,
gemessen an der zeitlichen Kürze der Kampfhandlungen.
Bismarck, dessen zwei Söhne dabei verwundet wurden,
soll den kinderlosen Moltke gehaßt haben, weil der
«seine» Regimenter frontal-brutal ins Feuer trieb.
Auch der Sechstage-Krieg gegen Österreich,
sechsundsechzig, sei schon so fürchterlich gewesen...
Unvergeßlich, diese nie von ihm ausgestellten Aquarelle
auf Stroh sterbender Soldaten, die Menzel
in Böhmen gemalt hat und die ich nur deshalb zu sehen bekam,
weil Hartwich als Maler
Zugang zu der kleinen Exzellenz gefunden hatte.
Was doch auch *sehr* für meinen Geliebten spricht,

daß er von Menzel vorgelassen wurde, obgleich er
als Maler keinen Namen hatte, nur als Pädagoge.
Auch daß Hartwich am Pariser Platz
in Liebermanns Palais aus- und eingehen durfte mit mir...

Jaaa: Wo war dann eigentlich *ich*, Else Ardenne,
als Liebermanns Witwe, fast so alt wie ich... nein,
sieben Jahre, glaube ich, ist sie jünger,
vor Jahren schon aus ihrem Haus am Brandenburger Tor
hinausgeworfen wurde, als hätte sie geklaut!
Und wurde wer weiß wohin ausquartiert,
nach Berlin j. w. d.,
bis sie neulich deportiert werden sollte ins – Nichts.
Und sich vergiftete – was ich auch nur dank
des sogenannten «feindlichen» Radios weiß.
Wo war *ich*! Hätte ich sie nicht verstecken müssen?
Wahr ist, mir kam nie auch nur die Idee, und weiß doch
wie jeder Deutsche seit zwei Jahren, wenn er das wissen
will: Die werden alle *umgebracht*,
außer den Jungen, die man am Leben läßt,
«zur Vernichtung durch Arbeit».
Oft genug war ich Martha Liebermanns Gast...
unerträglich, hätte ich nicht die Ausrede,
daß man zwar in Berlin einen Menschen
untertauchen lassen kann, hat man keine Putzfrau,
nicht aber in einer Kleinstadt, wenn einem nicht einmal
das Haus gehört... und wo jeder von jedem alles weiß.
Keine Ausrede, eine Tatsache.
Wie aber richtet das uns Deutsche:
jeder sogenannte «Volksgenosse»
ein potentieller Denunziant!
Und wie verwirft das jeden Deutschen
als menschlich verächtlich:
waren wir nicht ganz sicher, daß niemand uns sah,

erwiderten wir keines Juden Gruß mehr
auf der Straße, als es da noch Juden gab
– gebrandmarkt sogar die Kinder ab sechs
mit dem gelben Stern!
Sollte eine Nation Geschichte machen können,
die derart würdelos geworden ist?
Ob nicht das Gegenteil wahr ist?
Daß Geschichte, das heißt die Massaker,
gerade die machen, die jeder Moral abgeschworen haben?
Was sollte *ich* wissen von Geschichte!
Sehe nur trostlos zu,
ohne eine Spur, das zu begreifen,
wie mir die Enkel weggeschossen werden und die Neffen.
Für was? Oder dieser Junge hier...
Und wie's uns scheinbar exkulpiert – so eben auch mich –,
von uns abzulenken
– auf alle anderen, die ebenso sind... So mich
von Frau Liebermann abzulenken, die ich im Stich ließ,
wie *jeder* Deutsche einen im Stich ließ!
Reiß dich jetzt raus aus dem schwarzen Loch:
Depressionen machen müde,
darfst nicht einschlafen.
Tu dich mit deiner Vergangenheit zusammen,
da hast du immer Unterhaltung; und wenn du meinst,
deine Vergangenheit sei so wenig vorbildlich gewesen,
daß du sie besser verschweigst als heraufrufst –
das Alter hat wenigstens *den* Vorzug,
radikal sprechen zu dürfen. Denn auf wen, auf was
sollte das Alter noch Rücksicht nehmen?
Zum Beispiel sage ich heute ganz offen zu den Enkeln,
daß die dreiundzwanzig Jahre – *dreiundzwanzig* Jahre! –,
die ich meinen Sohn nicht sehen durfte;
die siebzehn Jahre, bevor ich erstmals nach der Scheidung,
der «Ausscheidung», wie ich's besser nenne,

meine Tochter wiedersehen durfte
– daß ich in diesen Jahren *alles* büßte und mehr, ja,
und *mehr*, was ich meinem Mann angetan habe...
der sich knapp ein Jahr,
nachdem er Hartwich totgeschossen hat,
schon ehelich mit einer Soubrette tröstete...
Dreiundzwanzig Jahre den Sohn nicht sehen dürfen?
Lebenslängliche sogar
werden nach achtzehn Jahren begnadigt!
Wie Manfred mir dieses Jahr am neunzigsten Geburtstag
all mein Selbstgefühl zurückgab, als er sagte:
«Großmama, ich hätte ebenso gehandelt wie du!»
Da schenkte ich ihm, was sonst
hätte ich ihm schenken können,
außer meinem Fahrrad und einem bißchen Schmuck
habe ich doch *nichts*, schickte ich ihm die Briefe,
die Hartwich das Leben kosteten, weil ich – ach,
davon nicht mehr heute!
Doch wenn ich meinem Mann nie verzeihen kann,
verzeihen *darf*, Hartwich erschossen,
auch nicht, mich siebzehn und dreiundzwanzig Jahre lang
von meinen Kindern abgeschnitten zu haben –
ein Schnitt, der mir beinahe das Leben abschnitt:
Gut ist doch und freut mich für die Enkel, daß ihrem
Großvater auch Rühmliches nachzusagen ist.
Sagte als namenloser Offizier dem Kaiser ins Gesicht,
Krupp-Kanonen taugten nichts – und wurde prompt
hinausgeworfen, als noch junger Mann entlassen...
Und die Entwicklung
der Artillerie, die technische, sie gab Ardenne recht:
Seiner Majestät Kanonen von Krupp taugten nichts,
brauchbar waren die aus der Rheinischen
Metallwarenfabrik, einer Konkurrenzfirma;
doch Wilhelm war mit Krupp liiert.

Also ein Sakrileg,
es dem Kaiser ins Gesicht zu sagen,
vor versammelter Generalität, die mit Entsetzen zusah,
feige, daß sein Freimut diesen Offizier Ardenne,
um seinen Beruf brachte, den er so geliebt hat...
einen Unwürdigen hatte ich also nicht zum Vater
meiner Kinder – doch einen Unbarmherzigen! Ja.
So jung noch – so viel Mut gezeigt
vor Fürstenthronen und offenbar vom technischen Genie
unsres Enkels Manfred schon angehaucht...
Da rede ich über meinen Mann, als hätte ich ihm verziehn
– unverzeihlich! Wie dürfte ich im Andenken an Hartwich.
Auch die Grotesken, die ich dann später über ihn hörte:
Sein Adelsdünkel, wie er nur vorkommt,
nach meiner Erfahrung,
bei jenen, die selber von Mutterseite keinen Adel haben,
Brockhaus hieß seine Mutter,
immerhin mit Richard Wagner verschwägert,
dessen Schwester den Bruder
meiner Schwiegermutter geheiratet hat; mein Mann
scheint sich absolut albern aufgeführt zu haben,
weil unser Sohn eine Hamburger Kaufmannstochter
heiratete, «Koofmich», wie Militärs das noch heute
nennen, selbst wenn die Hamburger Senatoren sind!
So wie ich immer feststellte, die wahrhaft mörderischen
Antisemiten sind die *eingefleischten*,
die selber einen Juden im Leibe haben,
was man vom Hitler munkelt;
vom Heydrich aber *weiß*.
Als er von Tschechen ermordet wurde, voriges Jahr,
wies der Londoner Rundfunk auf den jüdischen Vater
des verfolgungssüchtigsten aller Antisemiten hin.

Heydrichs Vater, der führende Musik-Pädagoge in Halle,
sei Jude gewesen, verheiratet mit einer Kranz,
Tochter des Dresdner Opern-Chefs.
Selbsthaß als Haßauslöser ... ließe sich der Mensch ein
mit allen Abgründen in seiner Psyche – er wagte nicht,
auf die Straße zu gehen, so viel Angst müßte er
– nicht nur vor sich – auch vor Mitmenschen haben.
Psychologie, muß ich oft denken, kann nur heilen,
wenn sie *weg*guckt von allen Möglichkeiten der Seele.
Nicht sie aufdeckt. Würde sie arg beleidigen,

Kurzes Auflachen; sie geht unruhig umher, auch deshalb, weil der Junge so ruhig geworden ist. Sie hat ihr Strickzeug genommen und strickt unlustig drauflos.

unsre Psychiater, diese eitelste
Berufsgruppe, wenn sie das hörten!
Arthritis in den Fingern ... lange geht das gar nicht mehr,
aber wer sonst strickte für die Urenkelin!
Ich hab schon früh gemerkt,
daß Stricken überhaupt nicht ablenkt, im Gegenteil.
Weil man dabei nicht denken muß, konzentriert es
die Gedanken, denen man entfliehen möchte ...
Im Schauerjahr 39/40, als die beiden Enkel fielen
und meine Tochter an Krebs starb,
konnte ich's mir überhaupt nicht leisten,
stille zu sitzen und zu stricken ...
Das Radfahren ging vor vier Jahren auch noch besser,
die Augen hatten noch nicht so abgenommen.
Besser geworden ist allein, ich weiß nicht,
ob das besser ist, es macht unruhiger,
daß ich nicht mehr blind bin gegen Propaganda;
aber ist das gut – nun zu wissen, Deutschland
verliert den Krieg? Ich kann nicht wünschen,

daß *die* siegen, die das mit den Juden tun,
und mit den Geisteskranken und allen,
die anders denken...
Und die eine ganze Generation aufopfern für den Spleen,
Stalingrad müßte deutsch werden!
Aber soll ich wünschen, was ich ja nun weiß:
daß meine Enkel umsonst
– und für *wen* – umsonst gefallen sind? Auch unmöglich.
Kein Trost, aber doch erträglich, daß ich mir sagen darf:
Wenn ich an «München» geglaubt und 1938
mitgejubelt habe, weil der Friede
noch einmal gerettet schien, daß da immerhin
der französische, der britische, der italienische Staatschef
Besuch auf dem Obersalzberg und in München gemacht
und *auch*, nicht nur die dumme Else Ardenne,
dem Hitler *geglaubt* haben,
er wolle ebenso den Frieden wie sie und ihre Völker.
Und wie auch, ich schwöre, das *deutsche* Volk
den Frieden gewollt hat.
Wenn ich dumm war, propaganda-hörig,
einige hundert Millionen in Europa,
keineswegs nur Deutsche, waren's ebenso.
Ach, daß man – und ist man noch so alt geworden –
doch noch immer
so wenig weiß, wo man selber steht
im Ablauf des Geschehens... Nicht vergessen das Bild,
das dieser Basler, der Burckhardt, gefunden hat;
ich las ja nur das Nachwort, weil ich das andere
nicht verstehe,
zu seinen ‹Weltgeschichtlichen Betrachtungen›,
die ich neulich Manfred zum Geburtstag schickte.
«Wir möchten gern», schrieb er, «die Welle *kennen*,
auf welcher wir treiben im Ozean – allein,
wir sind diese Welle selbst!»

Heißt das – was weiß schon eine Welle von sich –,
daß wir orientierungslos treiben?
Uns nur aufbäumen, groß werden
und dann in uns selber wieder zusammenfallen?
Denn das war die zweite Überraschung:
Daß nämlich die Wellen sich *nicht vorwärtsbewegen*,
wie es doch aussieht, sondern stets auf derselben Stelle
sich wölben und steigern und ausatmen!
So daß eine Planke, auf die kein Wind wirkt,
selbst bei wütendsten Atlantikstürmen
sich nicht von der Stelle rührt,
sondern nur mit den Wellen steigt und fällt.
Die Wellenwalzen kommen selbst bei Taifunen
nicht voran,
sondern toben sich, Spasmen ohne Endzweck,
Entkrampfung durch Erschöpfung,
nur hoch und ab, und brechen in sich selber zusammen
– durchaus ohne Beziehung zu einem Ganzen,
einem «Gesamtablauf», den es offenbar in der Natur
so wenig gibt wie in der Geschichte.
Nach nur neunzig bis hundert Metern
ist eine Welle wieder verröchelt,
nur um ihrer selbst willen da,
nicht uferwärts gerichtet,
nicht Zielen zu oder gar auf einen Sinn...
nein: um ihrer selbst willen wie – der Akt.
Denn wie selten können wir uns dabei einreden,
wir täten's, um zu zeugen!
Und wenn: Um zu zeugen – wohin dann und für wen?
Für jene, die sie dann, wie meine zwei Enkel und diesen
Jungen, auf dem Schlachtfeld vernutzen?...
Ich kann Goethe nicht mehr lesen, seit ich bei ihm fand,
es komme im Leben offenbar aufs Leben, nicht aber
«auf ein Resultat desselben an»...

schrecklich schon diese beamtenhaft
pedantische Ausdrucksweise! Am schrecklichsten aber:
daß er vermutlich *recht* hat damit.
Sehr Alte sind nicht nur, wie längst auch ich:
sterbe*berechtigt*, sondern auch berechtigt, zu ignorieren,
was sie zu sehr ins Schwanken versetzt, in Abgrundnähe.
So gottlos-nihilistisch wie dieses Goethe-Diktum
ist ja nur noch der Prediger Salomo...
Sollte der Schöpfung – wer weiß das! – eine Konzeption
zugrunde gelegen haben,
ein Töpfer dagewesen sein vor dem Topf,
so dürfte er uns Menschen die Fähigkeit, zu ignorieren,
eingeplant haben, denn wie selten beschäftigen wir uns
mit dem Gewissesten – der Tatsache,
sterben zu müssen...

Wieder steht sie, ihr Strickzeug längst aus der Hand gelegt, am Bett des Soldaten. Sie kann leichte pflegerische Handlungen wiederholen (Einreiben, Stuhlkontrolle, Wechsel des Dreiecktuchs, Gesicht abwaschen, Rücken, Beine einreiben etc.). Während aller pflegerischen Handlungen am (noch lebenden) Patienten wird sie peinlichst bedacht sein, ihn zwar immer in seiner Grundlage zu behalten (also hochgelagert, Rückenlage), aber immer wieder an verschiedenen Stellen Spreukissen und andere Lagermaterialien unterzulegen, um eine einigermaßen sinnvolle Dekubitusprophylaxe zu bieten (Wundliegestellen).

Ich hab Angst, daß *der's* nun weiß... früher als *ich* es
merkte, erfahren ist eben gründlicher
als nur zusehen – so oft ich auch zugesehen habe.
In dem Nachwort zu dem Burckhardt-Buch fand ich
auch seine Aufforderung an einen Briefpartner,
Betrachtungen über Welt und Zeit zu notieren;

der Mann wohnte in Karlsruhe, Verwaltungsbeamter,
und wird außer dem badischen Herrscherhaus
sogar weniger Personen von Einfluß
gekannt haben als ich. Aber Kranke
habe nun sicher ich viele mehr gekannt als er.
Wäre ich begabt, Beobachtetes zu schreiben,
was hätte ich an überpersönlich Interessantem
notieren, überliefern können?
Wo's aufschlußreich wird für den Abdriftenden,
läßt er den am Bett Stehenden doch zu weit zurück,
als daß der Konkretes mitbekäme...
Was wird wohl *er* zuletzt gedacht haben, da er doch –
schrecklich – noch drei Tage in der Charité leben mußte?
Auch *das* hat Fontane sich leicht gemacht, daß er
Hartwich am Tatort, Untatort, sterben ließ...
Ach, wäre er so gestorben!
Der in Wahrheit noch drei Tage sein Sterben
erleben mußte.
Und *ich* ahnungslos... *Das* verzeihe ich Ardenne nicht,
nicht übers Jüngste Gericht hinaus, daß er mir
keine Mitteilung gab, mein Freund lebe noch...
Kann sein, man hätte alle Teufel losgelassen,
mich daran zu hindern, noch zu ihm vorzudringen
– *das* wäre mir aber doch geglückt!
Ich die Schuldige, die entsetzlich Dumme:
eine Briefkassette für sicher zu halten und meinen Mann
für zu ehrenhaft, sie aufzubrechen!
Wenn aber Hartwich dann gesagt hätte:
«Nein, will sie nicht sehen – nur meine Kinder noch?»
Nein – nein, hätte Hartwich nie gesagt,
dessen wenigstens bin ich ganz sicher.
Daß er allein seine drei Söhne und seine Tochter
noch hätte sehen wollen? Nein!
Kann das sein? – Nein. Nein: *Kann* nicht sein!

Die Kinder waren zu jung
– gar kein Trost für mich, aber ich sage mir das doch –,
zu jung und zu weit weg in Schlesien, als daß man
sie noch ans Berliner Sterbebett gebracht hätte.
Aber seine Frau? Zweifellos. Zweifellos war die bei ihm.
Würde sogar mir helfen, wüßte ich, das habe
ihm geholfen. Da schon ich ihm nicht helfen durfte!
Hat seine Frau ihn davor geschützt,
zuletzt allein zu sein?
Unerträglich, dieser Gedanke: Daß er zuletzt doch
allein gewesen sein kann...
Und etwas sagen wollte – und hätte das auch
noch gekonnt; aber dann doch nicht mehr sagen können,
weil niemand bei ihm war... Drei Tage sind lang,
die Nächte noch länger... und er war nicht bewußtlos...

Sie sieht nach dem Jungen.

Nein, seine Eltern werden noch zur Zeit eintreffen...
In dem Nachwort zu diesem Burckhardt-Buch,
wenn ich's noch kriege, kaufe ich es auch für mich,
stand auch, daß er, der spätnachmittags im Sessel starb,
noch elf Jahre jünger als heute ich, neunundsiebzig,
daß Burckhardt wenige Tage vorher
in Anwesenheit eines Besuchers seufzte:
«Nur nicht noch ein Erdenleben!»
Burckhardt hatte Herzschwäche, auch Wasser
in den Beinen, war aber zeitlebens gesund gewesen,
ausdauernder Spaziergänger noch bis fast zuletzt,
allerdings immer einspännig lebend, kinderlos;
aber Kunstreisender, Weinfreund, auch wohlhabend,
ja berühmt... trotzdem:
«Nur nicht noch ein Erdenleben!» Denke ich das auch?
Wenn ich denke – sicherlich.

Aber das darf man eben nicht: Denken!
Nicht erlaubt.
Was wird Frau Liebermann gedacht haben, als sie
vor zwei Monaten Schlaftabletten nahm...
Ihre Tochter in London ist zwar sicher.
Man sagt – schrecklich, wenn's wahr ist –, die Martha
hätte aus Berlin nicht weggekonnt, weil sie
vom Grab ihres Mannes nicht loskam
– bis es zu spät war.
Daß die ein Palais wie das Liebermannsche,
Mauer an Mauer mit dem Brandenburger Tor,
schon vor dem Krieg abgerissen haben
zwecks «Neugestaltung der Reichshauptstadt»,
wie das pompös beschildert wurde,
diese ehrwürdige Kunststätte abgerissen,
mit den Menzelzeichnungen im Treppenhaus,
den Renoirs und Degas';
und daß dem Führer Bismarcks Reichskanzler-Palais
ebenso zu klein war, so daß er's abriß,
wie Bismarcks Reich ihm zu klein geworden war,
obgleich er doch Wien und Prag schon dazu
erobert hatte ohne einen Schuß!
So daß denn auch der schöne smarte Mann da
an seiner Seite – wie heißt er –, ach ja, Herr Speer,
der sogar die Linden abhacken ließ,
ihm alles neu machen sollte – daß aber diesen beiden
die sogenannte «Neugestaltung» Berlins
jetzt Churchills Royal Air Force abnimmt,
Nacht für Nacht, wie eben in Friedrichshafen;
und daß dabei Hunderte, meist Tausende
von Städtern verbrannt werden –:
Ergibt das nicht in seiner Folge-«Richtigkeit»
fast schon einen Sinn? Hör auf. Hör auf!
Das zu denken ist Blasphemie.

Denn was hätten meine zwei Enkel-Jünglinge oder hier
der Junge, der so vorbildlich Rücksichtsvolle,
verschuldet, daß sie fielen? Ich aber, siebzig Jahre älter:
werde aufgehoben noch immer... noch immer! Wofür...
Genau das hat den Roman populär gemacht,
daß Fontane solchen Fragen ausweicht, daß ‹Effi Briest›
immer dann und dort abbricht, wenn und wo
andere noch weitergehen, radikal werden...
«Ach laß, Luise, das ist ein zu weites Feld.»
Ich mußte sehr alt werden, um endlich einzusehen,
daß diese Ausflucht moralisch ist,
nämlich *auch* Rücksichtnahme
auf sich, auf andere, ja sogar auf das Leben selbst.
Antworten auf letzte Fragen... Sinngebung!
Die, nein, kann uns das Leben nicht auch noch geben.
Doch ein Sommertag, der erst schön war, wenn er dann
auch einen Hagelschlag am Nachmittag brachte,
der viel Reifes noch am Halm, am Baum vernichtet hat,
wird ja auch nicht von uns darüber verhört,
warum er mit Unwetter endete.
Nein, das ist schon sehr gut, menschlich weise
und künstlerisch sehr ökonomisch,
daß Fontane abbricht, bevor es ganz ernst wird.
Was Benn als nur pläsierlich ihm vorhielt,
wird also gerade *das* sein, was Fontane
als Autor überleben läßt. Lektüre muß ja keineswegs
Dostojewski-düster unsre Abgründe schildern.
Ich seh mir die oberflächlichen Impressionisten lieber an
als die tiefer ausleuchtenden Expressionisten,
ist das nicht mein Recht? Ich glaube sogar,
daß sie deshalb als Künstler die größeren waren,
so wie ja auch die meisterheiternden, die holländischen,
außer dem hintergründigen Rembrandt,
die unterhaltsamsten sind.

Bedrückendes liefern mir Krankenbetten genug,
ich muß es nicht auch noch in der Kunst aufsuchen.
Ich fahre ja auch im Sommer lieber los,
um den Lago Maggiore zu sehen als ein Schlachthaus.
Aber wer in Deutschland einen Roman lobt,
der den Leser nicht *entmutigt* auf der Strecke läßt,
der kriegt zu hören: «nur» Unterhaltungsliteratur;
obgleich keiner definieren kann,
wieso die unterhaltsamsten
unsrer Romane, ‹Buddenbrooks› oder ‹Simplizissimus›,
nicht unter das Verdikt fallen, unterhaltsam zu sein.
Flake schreibt aus seinen Studententagen,
als er fünf Jahre nach Fontanes Tod
in Straßburg seine Doktorarbeit über ihn machen wollte,
da habe der Professor sich fast totgelacht.
«Fontane? – Ein Dienstmädchen-Autor,
diese Ehebruchsgeschichten liest die Köchin
meiner Mutter!»
Und Fontane selber ist vor fünfundvierzig Jahren
offenbar in der Gewißheit gestorben,
seine Balladen würden bleiben,
seine Romane jedoch vergessen!
Genau umgekehrt ist es gekommen. Auch ein Beleg,
daß niemand so schlecht über sich selber Bescheid weiß
– wie jeder selbst.
Blumhardt, dem als Sozialdemokrat
sein Amt als Pfarrer genommen wurde,
hat mir erst die Augen dafür geöffnet – doch wie spät! –,
daß die Armen die Zahlreichsten sind,
und erzählte belustigt, Bismarck habe
in seinen Memoiren mit keiner Silbe *das* erwähnt,
was allein ihn unsterblich machte:
seine Zwangsversicherungs-Gesetze zum Schutze
der Unversorgten im Alter und bei Invalidität.

Und sein am Reichstag gescheitertes Verlangen,
schon 1883
das «Recht auf Arbeit» gesetzlich zu verankern!
Der bedeutendste Sozialrevolutionär neben Marx
– in keinem anderen Land gab es damals schon solche
Gesetze – hatte keine Ahnung, daß der Sozialpolitiker
den Reichs-Einiger lange überleben werde...
Ganz zu Recht der Sarkasmus Max Regers:
«Nichts ist dümmer als die Mitwelt!»
Was zu ergänzen ist: und als man selbst...
Hatte *ich* eine Ahnung, nein, hatte *keine* Ahnung,
dem bedeutendsten Menschen zu begegnen,
den ich je im Leben traf, als Henri Dunant
plötzlich vor mir stand?
Dem ich später die Kleider ausbesserte,
die einst vornehm, nun fast zerschlissen waren?
Der Initiator des Roten Kreuzes
– jetzt Insasse eines Greisen-Asyls
für Arme in Heiden überm Bodensee –,
Gründer, Visionär vom Range des Moses,
zwar zuletzt noch Nobelpreisträger, doch inmitten
der Mittelmäßigen, der ewigen Bünzlis,
wie die Schweizer ihre Spießer nennen, nur belächelt,
ja verachtet als einst steinreicher Kaufmann,
der wie ein Evangelist all seine Habe der Idee,
dem Roten Kreuz, geopfert...
Doch dauert es dreiunddreißig Jahre,
bevor sein Schlachtfeld-Bericht von Solferino
aus dem Französischen ins Deutsche übersetzt wird,
so wenig Interesse nimmt Europa, das seither *zehn*
mörderische Kriege ausgekämpft, an der Forderung,
Verwundete, Gefangene zu schützen!
Plötzlich sah er mir zum Fenster hinein, in Heiden,
der schneeweiß Langbärtige

mit dem schwarzen Samtkäppchen; später erst,
viel später wurde mir dieser Jahrgänger Tolstois,
weil ich doch ein Vierteljahrhundert jünger bin,
zum außerordentlichsten Menschen,
den ich je sprechen durfte.
Hätte das schon an den Gesprächen merken müssen;
seine Mitkämpferin, die Suttner, hielt *Reden*,
da *merkte* ich's, die zündeten.
«Große Symbolgestalten – müßten *gemacht* werden,
genau wie Tell, wie Dunant», las ich bei einem Zürcher,
der die Frage umkreiste: «Gibt es (außer dem mythischen Tell)
Symbolgestalten unsrer Geschichte?»
Und weil ich Dunant kannte, den er Wilhelm Tell
an die Seite stellte, habe ich mir das gemerkt.

In Elisabeth von Ardennes vorvorletztem Lebensjahr, August 1950, umkreisten Ernst Robert Curtius – von Mutterseite Berner – und Max Rychner die Gestalt Henri Dunants in Briefen, die zu Lebzeiten «Effis» noch nicht veröffentlicht waren.

«Nichts, was Macht repräsentiert», hat dieser Zürcher
hinzugesetzt, könne zu einer Symbolgestalt werden,
das hat mich beeindruckt.
Die Mutter im Bombenkeller, umzingelt von Feuer,
das sie zukommen sieht auf ihre Kinder und sich:
Ist *sie* keine Symbolgestalt? Nein, sicher nicht,
weil diese Frau nicht wie Florence Nightingale,
nicht wie Tell oder Dunant Großes getan hat
trotz ihrer Wehrlosigkeit.
Wir kleinen Leute, die weniger machen
als gemacht *werden*,
die nur leiden, ohne Leid abzuwenden,
sind zwar exemplarisch fürs Zeitalter der Weltkriege,

zählen aber gerade deshalb nicht als Symbolfiguren,
weil wir nicht vorbildlich wurden für andere.

Jetzt muß sie sich dem Patienten zuwenden, der stirbt.

Als sie sich wieder an den Tisch setzt, sagt sie:

Warten. Und nichts tun. Was wäre noch zu tun...
Mir ist die Fähigkeit abhanden gekommen,
mich von dicken Büchern ablenken zu lassen.
Die Darstellung des Lebens *fremder* Leute
überfordert mich – seit der eigenen Familie
heute zu vieles zustößt.
Gefallene und Vermißte auch unter Großneffen,
von den Enkeln zu schweigen...
Wie soll man da für Romanfiguren
empfindungsfähig bleiben!
Im vergleichsweise friedlichen 19. Jahrhundert,
da war der Roman obenauf, weil das Leben so vieler
allzu windstill verlief.
Briefe aber, gedruckte, unterhalten mich noch immer,
am intensivsten die Fontanes,
weil der mich auch als Person interessiert
und weil man sich unterhaltsam amüsiert oder ärgert
mit seinen Briefen.
Zum Beispiel denke ich angesichts dieses Sterbenden
an die schauerlichen drei Worte, die Fontane als Titel
für seine Erzählung ‹Schach von Wuthenow›
geplant hatte, doch sein Verleger
war zu human, diesen Titel anzunehmen.
Fontane hatte lapidar vorgeschlagen:
«Gezählt, gewogen, hinweggetan!»
Unmenschlich! Macht Menschen zu Kehricht.
Zur Stückzahl: Gezählt, gewogen, weggetan – *empörend*!

Räumt dieses «Weggetan»
nicht das Letzte jeder Existenz so schrecklich weg,
daß nur noch übrigbleibt, das Dasein
überhaupt für nichtig anzusehen?
Und *das* ist doch so unanständig wie undankbar!
Und stimmt nicht einmal nach zeitlich
irdischen Maßstäben: Fontane hat ja auch
nicht Menschen – er hat die Epoche damit gemeint.
Da sie mit dem Sieg Napoleons über Preußen endete,
mit dem Einzug der Franzosen in Berlin,
verurteilte Fontane sie als nichtswürdig.
Obgleich doch damals das Brandenburger Tor
erbaut wurde und Caspar David Friedrich malte.
Trotzdem hat Fontane sie so unmenschlich verworfen
– wie immer Söhne die Generation ihrer Väter richten,
besonders das, was an der
meist das Beste war... sogar Fontane also
umgebungsblind. Ist doch absurd:
Nach Aufstieg oder Absturz eines Staates
die Menschen in ihm taxieren... sind doch
Menschen schließlich um ihrer selbst willen da
– nicht nur als Werkzeug ihres Zeitalters,
das ihnen allenfalls
wie diesem Jungen hier, wie meinen Enkeln
das Leben kaputtmacht... Wenn nicht,
ach – laß das jetzt: Dieses Kaputtgemachtwerden
doch die Verwandlung ist
in eine *andere* Existenzform.
Im Aufbruch sein,
heißt auch, *nicht* zu wissen, wohin die Fahrt geht.
Geht sie denn überhaupt wohin?
Nicht auszuschließen, jedenfalls.
Denn da wir nichts wußten vom *Hier*-Sein,
bevor wir da waren,

wie sollten wir wissen können, ob etwas ist,
*wo wir hin*gehen?
Nichts, was der Mensch weiß –
daß er so vieles *nicht* weiß: läßt hoffen!
Fortsein ist – wer weiß! – vermutlich auch ein Sein.
Nicht – nichts.
Dieser siebzig Jahre Jüngere hier, woher hat er seine
Rücksichtnahme? Da er mich doch so vorbildlich
verschont hat mit seinem Wissen.
Er weiß es, wußte es längst,
daß er in wenigen Stunden im Sarg ist.
Hat er sie allein aus sich, diese Kraft,
so rücksichtsvoll zu sein,
dann ist der Mensch sehr viel mehr,
als wir ihm alltäglich zugestehen! Mehr als nur Materie.
Hat er sie aber nicht aus eigener Kraft,
so steht eine andere hinter ihm:
Und dann muß man erst recht nichts fürchten.
Ob ich ihm noch eine Grammophon-Platte auflege?

Das tut sie. Sie spricht nicht mehr, bald aber sieht man ihr zu – sie zieht ihren Mantel aus –, wie sie den Gestorbenen so «versorgt», daß dessen Eltern – wenn sie beim Hellwerden eintreffen – ihn rasiert und gewaschen vorfinden. Sie bemüht sich um ihn, während die Musik spielt, die Golo Mann sich während seines Sterbens am 7. April 1994 gewünscht hat: Lortzings ‹Undine›, das Lied von der unerfüllten Liebe.

Als die Musik schweigt, sagt sie:

Wie er befreit, verjüngt aussieht – obgleich er doch,
da ist kein Zweifel, seit Tagen schon ahnte,
er müsse sterben...
Fehlen ihm die noch, die er zurückließ?

Dann sähe er *so* nicht aus, so geborgen
so in *Sicherheit*!
– Wenn *er* jetzt noch die vermißte, die *ihn* vermissen.

Sie wäscht den Patienten nochmals oberflächlich, rasiert ihn und wechselt, da er durchgeblutet ist, den Kopfverband. Sie entfernt die Tracheotomiekanüle und die Nasensonde und wickelt einen leichten Verband um den Hals. Sie wird ihn nochmals intim waschen, das Dreiecktuch erneuern. Sie wird alle unnötigen Kissen, Lagerungsmaterial, Spreusäcke etc. entfernen und ihn nur noch leicht erhöht lagern, um eine Blaufärbung des Gesichts wenigstens anfänglich zu vermeiden; sie wird sein Hemd aufschneiden (er ist viel zu schwer, als daß sie es normal wechseln könnte) und ihm ein neues anziehen, dessen Rückseite sie aufgeschnitten hat. Sie nimmt eine nasse, elastische Binde und bindet seinen Unterkiefer hoch, um den Mund geschlossen zu halten. Mit einem frischen Leintuch deckt sie ihn zu bis zum Hals. Die Blumen nimmt sie aus der Vase und legt sie ihm auf die Brust. Die Vase schüttet sie aus.
Sie wäscht ihre Hände, zieht den Mantel an, löscht das Licht, der heringsgraue Tagesanbruch ist hinter den entglasten Balkontürflügeln sichtbar geworden, als sie die Rouleaus hochließ. Sie nimmt ihre Tasche und geht und schließt hinter sich die Tür.

Vorhang

Rolf Hochhuth

Rolf Hochhuths erstes Theaterstück «Der Stellvertreter» sorgte 1963 für weltweites Aufsehen. Seine Erzählung «Eine Liebe in Deutschland», von Andrzej Wajda mit Hanna Schygulla verfilmt, führte zum Rücktritt Filbingers. **Rolf Hochhuth**, Jahrgang 1931, gelernter Buchhändler und Verlagslektor, ist ein politischer Schriftsteller, ein Aufklärer. Von keiner Partei abhängig, aber entschieden Partei ergreifend.
«Ich finde Hochhuths Fragestellung, seinen unerschütterlichen Glauben an das Moralische, einfach großartig.» *Karl Jaspers*

Der Stellvertreter *Ein christliches Trauerspiel*
(rororo 997)

Ärztinnen *Fünf Akte*
(rororo 5703)

Judith *Trauerspiel*
(rororo 5866)

Juristen *Drei Akte für sieben Schauspieler*
(rororo 5192)

Eine Liebe in Deutschland
(rororo 5090)

Schwarze Segel *Essays und Gedichte*
(rororo 5776)

Panik im Mai *Sämtliche Gedichte und Erzählungen*
(rororo 13001)

Täter und Denker *Profile und Probleme von Cäsar bis Ernst Jünger*
(rororo sachbuch 8547)

rororo Literatur

Tod eines Jägers
(das neue buch 68)

Im Rowohlt Verlag sind u.a. erschienen:

Alle Dramen *Kassette mit 2 Bänden*
3056 Seiten. Gebunden.

Sommer 14 *Ein Totentanz*
400 Seiten. Broschiert und als rororo 13069

Alan Turing *Erzählung*
192 Seiten. Gebunden

Unbefleckte Empfängnis *Ein Kreidekreis*
216 Seiten. Broschiert

Ein Gesamtverzeichnis aller lieferbaren Titel von **Rolf Hochhuth** finden Sie in der *Rowohlt Revue*. Jedes Vierteljahr neu. Kostenlos in Ihrer Buchhandlung.

3239/3